Deja de decir mentiras

Deja

de

decir

mentiras

PHILIPPE BESSON

Traducción de Isabel Llasat Botija

ꝙ Plata

Argentina – Chile – Colombia – España
Estados Unidos – México – Perú – Uruguay

Título original: *Arrête avec tes mensonges*
Editor original: Julliard
Traducción: Isabel Llasat Botija

1.ª edición: septiembre 2025

ISBN: 978-84-10439-00-9
E-ISBN: 979-13-87557-88-1
Depósito legal: M-15.468-2025

Fotocomposición: Urano World Spain, S.A.U.
Impreso por: Rodesa, S.A. – Polígono Industrial San Miguel
Parcelas E7-E8 – 31132 Villatuerta (Navarra)

Impreso en España – *Printed in Spain*

A la memoria de Thomas Andrieu
(1966-2016)

«No hacía falta avivar el deseo. O estaba allí desde la primera mirada o nunca lo había habido. O era el entendimiento inmediato de la relación de sexualidad o no era nada».

MARGUERITE DURAS, *El amante*

«Él dijo: había decidido que ya no me gustarían los hombres, pero tú me gustaste».

HERVÉ GUIBERT, *Fou de Vincent*

«Llegué a la dolorosa y definitiva conclusión de que se habían terminado las posibilidades infinitas, el hacer lo que a uno se le antoja. Ya no existía el futuro. Todo era parte del pasado y ahí se quedaría».

BRET EASTON ELLIS, *Lunar Park*

Un día, puedo precisar cuál, sé la fecha exacta, un día estoy en el vestíbulo de un hotel, en una ciudad de provincias, un vestíbulo que también sirve de bar, estoy sentado en un sillón, hablando con una periodista, entre ambos una mesita baja, redonda, la periodista me entrevista sobre mi novela, *Decirte adiós*, recién publicada, me pregunta sobre la separación, sobre escribir cartas, sobre el exilio que repara o no, yo contesto, me sé las respuestas a esas preguntas, contesto casi sin prestar atención, las palabras salen fáciles, maquinalmente, aunque mi mirada se pasea sobre las personas que cruzan el vestíbulo, las idas y venidas, las llegadas y las salidas, invento vidas para esas personas que se van, que vienen, intento imaginar de dónde llegan, a dónde vuelven, es algo que siempre me ha gustado hacer, inventarles vidas a los desconocidos con los que apenas me cruzo, interesarme por siluetas, es casi una manía, creo que empezó en la infancia, sí, ya la tenía de muy pequeño, ahora me acuerdo, que a mi madre le preocupaba y me decía: deja de decir mentiras, decía mentiras en lugar de historias, eso se me ha quedado grabado, y ahora tantos años después sigo haciéndolo, construyo hipótesis mientras

11

respondo a las preguntas, hablando del dolor de las mujeres abandonadas, son dos cosas que sé disociar, que puedo hacer a la vez, cuando me fijo en un hombre de espaldas, que arrastra una maleta con ruedas, un hombre joven preparándose para salir del hotel, la juventud se desprende de su aspecto, de su vestimenta, y enseguida esa imagen me aplasta, porque es una imagen imposible, *una imagen que no puede existir*, podría equivocarme, por supuesto, después de todo no le veo la cara, me es imposible desde donde estoy sentado, pero es como si estuviera seguro de esa cara, como si supiera a quién se parece el hombre, y lo repito: es imposible, literalmente imposible, y sin embargo lanzo un nombre, Thomas, más bien lo grito, Thomas, y la periodista que tengo delante se sobresalta, estaba inclinada sobre su cuaderno, concentrada en garabatear notas, en transcribir mis palabras, y ahora alza la cabeza, contrae los hombros, como si le hubiera gritado a ella, debería disculparme pero no lo hago, atrapado por la imagen en movimiento, y esperando que el nombre gritado produzca su efecto, pero el hombre no se gira, sigue su camino, debería deducir que me he equivocado, esta vez claramente, que no ha sido más que un espejismo, que el ir y venir de gente ha producido este espejismo, esta ilusión, pero no, me pongo en pie, de un salto, salgo en persecución del fugitivo, no me mueve la necesidad de comprobar, puesto que en esos momentos sigo convencido de tener razón, de tener razón contra la razón, contra la evidencia, alcanzo al hombre en la acera, le pongo la mano sobre el hombro, se gira y.

CAPÍTULO I

1984

Estamos en el patio de un instituto, de suelo cementado y rodeado de edificios antiguos de piedra gris con ventanas anchas y altas.

Unos adolescentes, con la mochila o la cartera depositada a los pies, hablan en corrillos, las chicas con las chicas y los chicos con los chicos. Si miramos bien, podremos distinguir a un vigilante, de apenas más edad que el resto.

Es invierno.

Lo sabemos por las ramas desnudas de un árbol plantado allí, en medio de todo, que parece muerto, por la escarcha en las ventanas, por el vaho que se escapa de las bocas, por las manos que se frotan para entrar en calor.

Estamos a mediados de la década de los ochenta.

Esto lo podemos deducir por la ropa, los vaqueros superajustados, desteñidos con lejía, salpicados de manchas claras, de cintura alta, por los jerséis estampados; las chicas llevan a veces calentadores de lana, de colores, que se les arrugan sobre los tobillos.

Tengo diecisiete años.

No sé que no volveré a tener nunca diecisiete años, no sé que la juventud no dura, que no es sino un instante, que desaparece y que cuando te das cuenta ya es tarde, se ha acabado, se ha volatizado, la has perdido, sin embargo algunos a mi alrededor lo presienten y lo dicen, los adultos lo repiten, pero yo no los escucho, sus palabras me resbalan, no se me quedan, las oigo como quien oye llover, soy tonto, un tonto despreocupado.

Soy alumno del último curso de bachillerato, el terminal C, en el instituto Élie-Vinet de Barbezieux.

Claro que a ver a quién le suena Barbezieux.

Mejor reformulemos. Nadie puede decir: conozco ese lugar, puedo ubicarlo en el mapa de Francia. Exceptuando a los lectores, cada vez más escasos, de Jacques Chardonne, nacido allí y que presumió de su improbable «felicidad». O los que, son más numerosos, pero no sé si lo recuerdan, que tomaban la nacional 10, en los viejos tiempos, para ir de vacaciones, a principios de agosto, a España o a las Landas, y acababan sistemáticamente atascados en caravanas interminables, precisamente allí, a causa de una sucesión mal pensada de semáforos y de un estrechamiento de la calzada.

Barbezieux está en Charente. A treinta kilómetros al sur de Angulema. Casi al final del departamento, casi en el de Charente Marítimo, casi en el de Dordoña. Tierras calcáreas propicias para la viticultura; no como las que se extienden hacia el Lemosín, arcillosas, frías. Clima oceánico; los inviernos son suaves y lluviosos, no siempre hay verano. Desde que tengo memoria, lo que domina es el gris; la humedad. Vestigios galorromanos, iglesias, castillos; el nuestro parece el de una fortaleza, pero ¿acaso había algo por defender? Alrededor: colinas; dicen que el paisaje es ondulado. Y poco más.

Yo nací allí. En aquella época todavía había una maternidad. La cerraron hace muchos años. Y desde entonces nadie nace en Barbezieux, la población está condenada a desaparecer.

¿Y quién conoce a Élie Vinet? Cuentan que fue el profesor de Montaigne, por mucho que este punto nunca se ha demostrado. Digamos que fue un humanista del siglo XVI, traductor de Catulo y director del Collège de Guyenne en Burdeos. Y que el azar quiso que naciera en Saint-Médard, un enclave de Barbezieux. Pusieron su nombre al instituto. No encontraron nada mejor.

Por último, ¿quién se acuerda de qué curso era el terminal C? Ahora lo llaman S, creo, si bien la letra no engloba la misma realidad. Eran las clases de matemáticas, supuestamente las más selectivas, las más prestigiosas, las que abrían las puertas de los cursos preparatorios para las *grandes écoles*, mientras que las demás te condenaban a la universidad o a la formación profesional de dos años; o se paraban allí, como en un callejón sin salida.

Así pues, soy de una época que quedó atrás, de una población moribunda, de un pasado sin gloria.

Entiéndase, tampoco me aflige. Es así. Yo no elegí nada. Como todo el mundo. Me tocó y ya está.

En cualquier caso, a los diecisiete años no tengo una consciencia tan clara de la situación. A los diecisiete años no sueño con la modernidad, con otros lugares, con el firmamento. Tomo lo que me dan. No albergo ninguna ambición, no me lleva ningún odio, ni siquiera conozco el aburrimiento.

Soy un alumno ejemplar, que jamás falta a clase, que casi siempre saca las mejores notas, que es el orgullo de sus profesores. Hoy le daría una bofetada a aquel chaval de diecisiete años, no por sus buenos resultados, sino porque solo busca complacer a sus jueces.

Estoy en el patio del instituto, con los demás. Es la hora del recreo. Salgo de dos horas de filosofía («¿Se puede admitir a la vez la libertad del hombre y suponer la existencia del inconsciente?»), nos han dicho: este es un ejemplo típico de los temas que pueden caer en la sele. Luego tengo clase de naturales. Las mejillas me escuecen por el frío. Llevo un jersey de cenefas, con dominante azul. Un jersey dado de sí, que me pongo demasiado, que suelta pelusa. Vaqueros y zapatillas blancas. Y gafas. Esto es nuevo. El curso anterior sufrí una pérdida brutal de vista, me volví miope en cuestión de semanas sin que se sepa por qué, me mandaron gafas, obedecí, no tenía otro remedio. Tengo el pelo rizado y fino, ojos tirando a verdes. No soy guapo pero llamo la atención, eso lo sé. No por mi aspecto, no, si no por mis resultados, cuentan: es muy listo, le da cien vueltas a todos, llegará lejos, como su hermano, en esa familia son gente importante, estoy en un lugar, un momento en el que muchos no van a ninguna parte, eso genera la misma dosis de simpatía y de antipatía hacia mí.

Soy ese joven, en el invierno de Barbezieux.

Los que me acompañan se llaman Nadine A., Geneviève C., Xavier C. Sus rostros han quedado grabados en mi memoria, la misma que han abandonado tantos otros, más recientes.

Sin embargo, mi interés no apunta hacia ellos. Quien me interesa es un chico a lo lejos, apoyado contra una pared, flanqueado por dos de su misma edad. Un chico de pelo revuelto, barba incipiente, mirada sombría. Un chico de otra clase. De la terminal D. Otro mundo. Entre nosotros, una frontera infranqueable. Puede que también desprecio. Como mínimo, desdén.

Y yo solo lo veo a él, al chico larguirucho y distante, que no habla, que se contenta con escuchar a esos dos, sin asentir, sin siquiera sonreír.

Sé cómo se llama. Thomas Andrieu.

Pequeño detalle: soy el hijo del profesor, del director del centro.

Por lo demás, crecí en una escuela primaria a ocho kilómetros de Barbezieux; en la planta baja, la clase única del pueblo; en el primer piso, el apartamento que nos asignaron.

Mi padre fue mi maestro desde párvulos hasta el fin de la primaria. Siete años recibiendo sus enseñanzas, él con su bata gris, nosotros detrás de los pupitres de madera, siete años calentados por una estufa de petróleo, con las paredes cubiertas de mapas de Francia, de la Francia de antes, una Francia con sus ríos y sus afluentes, con los nombres de las poblaciones escritos en tamaños proporcionales a su número de habitantes, publicados por la editorial Armand Colin, y, al otro lado de las ventanas, la sombra proyectada de dos tilos, siete años de tratarlo de usted y llamarlo «señor» en horas de clase, no porque me lo pidiera, sino para no distinguirme, no diferenciarme de mis compañeros, y también porque él, aquel padre, encarnaba la autoridad, la autoridad que no se discute. Al final de la jornada, yo también me quedaba en el aula para hacer los deberes mientras él preparaba las clases del día siguiente, trazando en su gran cuaderno cuadriculado rayas horizontales y verticales, rellenando las casillas con su caligrafía bella y uniforme. Ponía la radio, escuchaba el programa *Radioscopie* de Jacques Chancel. No he olvidado. Vengo de aquella infancia.

Mi padre me mandaba sacar buenas notas. No tenía derecho a ser mediocre, ni siquiera regular. Tenía que ser el mejor y punto. Solo había un puesto, el primero. Decía que la salvación estaba en los estudios, que solo los estudios te permitían «subir en el ascensor». Para mí solo quería un destino: una *grande école*. Obedecí. Como con las gafas. Y forzosamente agradecido.

Hace poco regresé a ese lugar de mi infancia, ese pueblo en el que no había vuelto a poner los pies en todos estos años. Regresé con S., para que *supiera*. La verja sigue ahí, bajo la glicinia, pero los tilos no, los cortaron, y la escuela la cerraron, hace ya mucho. La convirtieron en viviendas. Le señalé la ventana de mi habitación. Intenté imaginar a los nuevos ocupantes, pero no lo conseguí. Después volvimos al coche y le enseñé las calles por las que cada dos días pasaba un camión de reparto, una vieja furgoneta Citroën que hacía de colmado ambulante, el establo al que íbamos a buscar la leche, la iglesia de paredes desconchadas, el pequeño cementerio en pendiente, el bosque al que íbamos a buscar setas a principios de octubre. S. no imaginaba que yo pudiera venir de allí, de aquel mundo tan rural, tan mineral, aquel mundo lento, casi inmóvil, fosilizado. Me dijo: debiste de tener mucha fuerza de voluntad para educarte. No dijo ambición, coraje u odio. Le dije: fue mi padre quien lo quiso para mí. Yo por mí me habría quedado en aquella infancia, entre algodones.

No sé de quién es hijo Thomas Andrieu ni tampoco si eso me importa lo más mínimo. No sé dónde vive. En ese momento, no sé nada de él. Solo la clase a la que va, terminal D. Y el pelo revuelto, la mirada sombría.

El nombre lo sé porque al final lo pregunté. Un día, como si nada, con tono despreocupado, y luego cambié de tema enseguida. Pero no pregunté nada más.

Lo que no quiero sobre todo que nadie sepa es que me interesa. Porque no quiero sobre todo que nadie se pregunte *por qué* me puede interesar. Porque plantearse esa pregunta no haría sino alimentar el rumor que corre sobre mí. Dicen que «prefiero los chicos». Afirman que a veces tengo gestos femeninos. Y encima no se me da bien el deporte, soy nulo en gimnasia, incapaz de lanzar la pesa, la jabalina, no me interesa el fútbol, el voleibol. Y me gustan los libros, leo mucho, me ven salir a menudo de la biblioteca del instituto con una novela entre las manos. Y no se me conoce novia. Con esto ya basta para ganarse una reputación. Sin mencionar los insultos que me llueven con regularidad, el «maricón» (a veces, solo «mariquita»), gritado de lejos o murmurado a mi paso, y procuro ignorarlos por completo, no responder nunca, devolverles la indiferencia más absoluta, como si no los hubiera oído (¡como si fuera posible no oírlos!). Lo que agrava mi caso: un heterosexual puro y duro nunca permitiría que le dijeran cosas así, las desmentiría con vehemencia, le partiría la cara al emisor del insulto. Dejar decir es confirmar.

Evidentemente, sí, «prefiero los chicos».

Pero aún no soy capaz de pronunciar esa frase.

Descubrí mi orientación muy pronto. A los once años ya lo sabía. A los once años me había dado cuenta. Por aquel entonces quien me atrae es un chico del pueblo, Sébastien, dos años mayor que yo. Su casa, no muy lejos de la nuestra, tiene un edificio anexo, una especie de granero. En el altillo, tras subir por una escalera improvisada, entras en una estancia donde guardan de todo. Hay incluso un colchón. El colchón sobre el que me revuelco por primera vez, abrazado a Sébastien. Aún no hemos alcanzado la pubertad, pero ya sentimos la curiosidad por el cuerpo ajeno. El primer sexo masculino que sostengo en la mano es el suyo. El primer beso en la boca me lo da él. El primer encuentro piel contra piel es con él.

A los once años.

También nos refugiamos a veces en la caravana de mis padres, que al final de temporada queda aparcada en un garaje al lado de casa (a partir de la primavera, la instalan en el camping Saint-Georges-de-Didonne, para profesores y sus familias, adonde vamos a pasar los fines de semana, caminamos por la playa, compramos churros frente al mar y camarones en el mercado que acaban en cuencos a la hora del aperitivo). Sé dónde guardan la llave. Huele a cerrado, está oscuro, los gestos pueden hacerse más precisos, no nos frena ningún pudor.

Ahora me sorprende nuestra precocidad, porque entonces no había ni internet ni siquiera cintas de vídeo ni Canal+, nunca habíamos mirado porno y, sin embargo, sabíamos actuar, sabíamos cómo hacerlo. Hay cosas que no necesitan aprenderse, ni siquiera de niños. En la pubertad seremos aún más imaginativos. Llegará pronto.

Esta revelación no supone ningún trauma para mí. Al contrario, me encanta. De entrada, porque tiene lugar lejos de toda mirada y a los niños les apasionan los juegos secretos, la clandestinidad que deja fuera a los adultos. Después, porque no veo ningún mal en hacerse el bien; estar con Sébastien me da placer, no puedo concebir asociar el placer a una mala acción. Finalmente, porque percibo que esta situación consolida mi diferencia. Así no me pareceré a los demás. Por fin me diferenciaré. Dejaré de ser el hijo modélico. No tendré por qué seguir al grupo. Odio los grupos, es instintivo. En esto no he cambiado.

Luego, por tanto, tendré que hacer frente a la violencia que provoca esa presunta diferencia. Oigo los típicos insultos, o al menos las insinuaciones viperinas.

Veo los gestos afeminados que sobreactúan en mi presencia, el juego de muñecas, los ojos en blanco, la mímica de felaciones. Si me callo, es para no tener que hacer frente a esa violencia. ¿Cobardía? Tal vez. Una forma de protegerme, seguro. Pero lo que no pienso hacer es cambiar. Lo que nunca pensaré es: está mal, o: mejor me iría siendo como todo el mundo, o: les mentiré hasta que me acepten. Eso nunca. Me atengo a lo que soy. En silencio sí, pero en un silencio obstinado. Orgulloso.

Me he quedado con el nombre. Thomas Andrieu.

Me parece un apellido muy bonito, una bella identidad. Todavía no sé que algún día escribiré libros, me inventaré personajes, tendré que ponerle nombre a esos personajes, pero ya soy sensible a la sonoridad de las identidades, a su fluidez. Sé, en cambio, que los nombres propios traicionan a veces un origen social, un entorno, y que anclan a una época a quienes los llevan.

Acabaré descubriendo que Thomas Andrieu es una identidad engañosa.

Primero, porque Thomas no era un nombre muy común a mediados de los sesenta («mi» Thomas cumplirá dieciocho años en 1984). A los niños se les ponía más Philippe, Patrick, Pascal o Alain. En la siguiente década llegan los Christophe, los Stéphane y los Laurent. De hecho, los Thomas no harán su aparición hasta los años noventa. De manera que el chico de ojos negros se ha avanzado a su época. O más bien sus padres. Eso es lo que yo deduzco. Pero ahí también me equivoco. Le pusieron el nombre de un abuelo fallecido antes de tiempo, nada más.

Luego viene lo de Andrieu, que es un enigma. Podría ser un apellido de general, de eclesiástico o de campesino. Con todo, lo asocio al mundo rural, aunque no sabría decir por qué.

Total, que puedo imaginar cualquier cosa. Y no me privo de hacerlo. Algunos días, T.A. es un chico bohemio, procedente de una familia simpatizante de Mayo del 68. Otros días es hijo de burgueses, ligeramente desvergonzado, como lo son a veces los retoños que quieren incordiar a sus padres estirados.

Mi manía de inventar existencias, ya lo he comentado antes.

El caso es que me gusta repetir su nombre en secreto, en silencio. Me encanta escribirlo en trozos de papel. Soy sentimental a niveles absurdos; eso no ha cambiado mucho, la verdad.

Así pues, esa mañana estoy en el patio mirando de reojo a Thomas Andrieu.

La escena no es nueva, ya se había producido antes. He mirado furtivamente en su dirección muchas veces. También me lo he cruzado por los pasillos, tras verlo venir como si acudiera a mi encuentro, rozarnos, sentir cómo se alejaba a mis espaldas sin girarse. He coincidido con él en la cantina, mientras almorzaba con los de su clase, pero nunca hemos llegado a compartir mesa; los distintos grupos no suelen mezclarse. Una vez lo vi de pie sobre la tarima, en una clase; debía de estar exponiendo un trabajo y algunas aulas son acristaladas; esa vez aminoré el paso, él no podía verme, demasiado ocupado con su presentación, yo lo escudriñé porque él no podía sospechar nada de mis intenciones. Otras veces, también, se sienta en los escalones de entrada del instituto a fumar un cigarrillo; he sorprendido su mirada ciega mientras saca el humo por la boca. Por las tardes lo veo salir del instituto, dirigirse al Campus, el bar adyacente al centro, en el cruce con la nacional 10, entrar, probablemente para reunirse con amigos. Al pasar por delante de las ventanas del bar, lo he reconocido mientras se bebía una cerveza o jugaba a la máquina del millón. Recuerdo el movimiento de sus caderas contra la máquina.

Pero nunca hemos cruzado ni una sola palabra; ni el menor contacto. Ni siquiera casualmente. Ni siquiera sin querer.

Y yo siempre me las he arreglado para no rezagarme, para evitar su sorpresa o su incomodidad por ser mirado.

Pienso: no me conoce, en absoluto. Sí, claro, me habrá visto en algún momento, pero en su memoria no ha quedado nada registrado, ni la menor imagen. Como mucho le habrá llegado a los oídos el rumor que corre sobre mí, pero él nunca se ha unido a los que me silban y se burlan de mí. Ni la menor posibilidad tampoco de que haya oído los elogios que me dirigen los profesores; además, seguro que se la traen al pairo.

Para él soy un desconocido.

Estoy inmerso en este deseo unidireccional. Este impulso condenado a truncarse. Este amor no compartido.

Siento ese deseo, siento su hormigueo en el vientre, lo siento recorriéndome la columna vertebral. Pero tengo que frenarlo constantemente, reprimirlo para que no salte a la vista de los demás. Porque ya me he dado cuenta de que el deseo es visible.

También siento el impulso. Percibo un movimiento, una trayectoria, algo que me lleva hacia él, que me conduce a él, todo el tiempo. Pero tengo que seguir imperturbable. Contenerme.

El sentimiento amoroso me transporta, me hace feliz. Pero también me quema, me causa dolor, el dolor que causan todos los amores imposibles.

Y es que soy plenamente consciente de esa imposibilidad.

A la dificultad te puedes adaptar; haciendo esfuerzos, buscando trucos, intentando seducir, poniéndote guapo, con la esperanza de vencerla. Pero la imposibilidad, por su propia esencia, lleva consigo nuestra derrota.

Es obvio, *a todas luces*, que este chico no es para mí.

Y no lo es no porque no le resulte lo bastante seductor o lo bastante atractivo. No, simplemente porque está perdido para los chicos. No está hecho para ellos, para los que son *como yo*. Se lo van a quedar las chicas.

De entrada, revolotean a su alrededor. Se acercan, buscan su atención, su presencia. Incluso las que muestran indiferencia en realidad la están fingiendo, porque su único objetivo es ganar sus favores.

Él, mientras tanto, las deja hacer. Sabe que gusta. Las personas que gustan lo saben. Es una especie de certeza despreocupada.

A veces les permite avances. Ya lo he visto especialmente cerca con algunas de ellas, normalmente guapas. Enseguida he sentido la dentellada de unos celos fugaces. Y la de la impotencia.

Con todo y con eso, la mayor parte del tiempo las mantiene a distancia. Me parece que prefiere la compañía de los suyos, de sus congéneres. Que su aprecio por la amistad o la camaradería pesa más que cualquier otra consideración. Aunque eso no deja de sorprenderme, precisamente porque le sería muy fácil utilizar el arma de su belleza, porque está en la edad de las conquistas, porque a veces se quiere impresionar a los demás multiplicándolas. Claro que su reticencia tampoco me basta para alimentar ninguna secreta esperanza. Solo hace que me caiga aún mejor. Porque admiro a los que no ejercen el poder del que disponen.

También le gusta la soledad, es evidente. Fuma solo. Habla poco. Tiene sobre todo esa actitud, ese cuerpo dislocado apoyado en alguna pared, la mirada hacia el suelo, hacia sus zapatillas, esa forma de estar ausente del mundo.

Creo que me gusta por esa soledad. Que incluso es ella la que me empujó desde el primer momento hacia él. Me gusta su atrincheramiento, su separación del exterior tanto como su falta de miedo. Tanta singularidad me conmueve, me asombra a más no poder.

Pero volvamos a esa mañana del invierno de 1984, un invierno de vientos violentos, inclemencias, naufragios en el canal de la Mancha, grandes tormentas de nieve en la montaña, vemos las imágenes en el telediario de las ocho (aún se dice así, no las veinte horas).

Una mañana que debería ser como todas las demás, impregnada de mi deseo estéril, de su ignorancia de mí.

Si no fuera porque no todo va según lo previsto.

Cuando está a punto de terminar el recreo, de que suene el timbre de vuelta a clase, cuando algunos alumnos empiezan a llenar otra vez los pasillos, dejando en el patio el frío punzante, las conversaciones sobre política, sobre los programas de la tele o las inminentes vacaciones de febrero, cuando Nadine, Geneviève y Xavier se alejan para ir a recoger las carteras que se han quedado en la sala polivalente y me dejan solo, acuclillado e inmerso en la búsqueda de un libro de ciencias naturales en el desorden de mi mochila, de pronto percibo una presencia, justo a mi lado. Reconozco de inmediato las zapatillas blancas y me invade la angustia, levanto lentamente la cabeza hacia el chico que se alza sobre mí; tras él, un cielo azul inmaculado y los rayos de un sol frío. Thomas Andrieu también está solo, supongo que sus compañeros se han ido ya escaleras arriba en dirección a algún aula, más tarde me contará que inventó un pretexto para que se adelantaran y no lo esperaran, que tenía que ir a la biblioteca a recoger una revista, o algo así. Está ahí erguido en medio del frío invernal y yo estoy a sus pies. Me incorporo, nervioso, estupefacto, pero haciendo lo posible para que no se vea nada de ese nerviosismo, esa estupefacción. Se me ocurre que podría pegarme un puñetazo, sí, la idea se me pasa por la cabeza, él partiéndome la cara sin testigos, ignoro por qué haría algo así, tal vez porque los insultos ya no bastan y hay que pasar a la acción, en cualquier caso pienso que entra dentro de lo posible, que se puede producir; buena prueba de la antipatía que creo provocar. Y buena prueba también de mi ceguera. Porque dice con la mayor tranquilidad: hoy no tengo ganas de ir a la cantina. Podríamos comer un bocadillo fuera de aquí. Sé de un sitio. Me da una dirección. Una hora exacta. Lo miro fijamente. Digo: allí estaré. Cierra despacio los párpados; y eso, sus ojos cerrados, el espacio de un segundo, son un bálsamo, una confirmación. Y se aleja, sin decir nada más. Me quedo con el libro de biología en las manos, atontado, antes de volver a acuclillarme para cerrar la mochila. Sé que esta escena se acaba de producir, no estoy loco y, sin embargo, me parece *inverosímil*. Escudriño el cemento del suelo, oigo cómo se crea la soledad a mi alrededor, cómo se vacía el patio, cómo acaba reinando el silencio.

Pasaré mucho tiempo reproduciendo en mi mente este momento, el momento en el que el chico se acerca con paso firme. Lo veré como un resquicio idóneo, una ventana de oportunidad extraordinariamente breve, una ocasión casi improbable. Yo podría no haberme quedado rezagado respecto a mis amigos, él podría no haber convencido a los suyos de adelantarse, el momento no se habría producido. Con prácticamente nada habría bastado.

Intento calcular qué parte se debe al azar, a la suerte, evaluar la naturaleza de las casualidades que han llevado al encuentro y no lo consigo. Nos hallamos en lo imponderable. (Más adelante, me confesará que había esperado muchas veces esa coyuntura perfecta antes de acercarse, pero que nunca se había producido. Hasta aquella mañana).

Años después escribiré a menudo sobre lo imponderable, sobre lo imprevisible que determina los acontecimientos.

Y también escribiré sobre los encuentros que lo cambian todo, sobre las confluencias inesperadas que modifican el curso de una existencia, los cruces involuntarios que hacen desviar las trayectorias.

Todo empieza ahí, en el invierno de mis diecisiete años.

A la hora acordada, empujo la puerta del bar.

Está a la salida de la población. Me sorprende su elección de un sitio así, nada céntrico y nada fácil de llegar. Pienso: deben de gustarle los sitios que quedan apartados del jaleo. Aún no he sabido ver lo obvio: que ha elegido este lugar porque está lejos de las miradas. Vivo en esa inocencia, esa falta de inteligencia. Aunque soy prudente por costumbre, aunque he aprendido el arte de esquivar interrogatorios, todavía no sé nada del disimulo, de la clandestinidad. Eso lo descubro ahora, con el bar, en la otra punta del pueblo, sin apenas clientes. Aquí solo viene gente de paso, muchos son camioneros que se permiten una parada antes de volver a arrancar, de reanudar su periplo. O jugadores que entran a que les perforen la tarjeta de las apuestas hípicas. O viejos borrachos, acodados en la barra, con la mirada vidriosa, eructando contra *el poder socialcomunista*. Personas que no pueden conocernos, en definitiva, para las que no representamos nada ni les recordaremos a nada y que nos habrán olvidado en el momento en que salgamos por la puerta.

Ya está ahí cuando cruzo el umbral del establecimiento. Se las ha arreglado para llegar antes que yo, quién sabe si para realizar una inspección, cerciorarse de que no hay riesgos, y para que nadie nos vea, a él y a mí entrando juntos.

Mientras camino hacia él, me fijo en las baldosas pegajosas del suelo porque se adhieren a los zapatos, las mesas de fórmica azul celeste y amarillo canario, imagino la esponja húmeda que pasan con prisa tras recoger las tazas de café vacías, las jarras de cerveza consumida, veo los anuncios de Cinzano y de Byrrh colgados en la pared, una Francia de los años cincuenta. Detrás de la barra, un tipo de rostro severo, trapo doblado al hombro, como salido de una película de Lino Ventura. Me siento un intruso, un error.

Thomas se ha aposentado al fondo del bar, todo con tal de pasar desapercibido. Fuma, o más bien da caladas nerviosas a un cigarrillo (todavía se puede fumar en los bares). Ante él hay una cerveza de barril (se sirve alcohol a los menores). A medida que me acerco, veo esos nervios, que de hecho solo son timidez, algo entre la torpeza y la turbación, una especie de confusión más que de aprensión. Me pregunto si está sintiendo vergüenza, pero quiero creer que solo es una incomodidad, la manifestación de su pudor. Veo ahí también su insociabilidad, lo que lo distingue. Eso me desconcierta, porque recuerdo su seguridad viril, su serena confianza en sí mismo, y podría echarme atrás la pérdida de su arrogancia, pero en realidad si algo me conmueve es ver agrietarse las armaduras y la persona que se revela bajo ellas.

Cuando me siento frente a él, sin pronunciar palabra, al principio ni siquiera levanta la cabeza. Mantiene la mirada fija en el cenicero. Le da golpecitos al cigarrillo para dejar caer la ceniza, pero no está lo bastante consumido. Es un gesto destinado a transmitir una postura y su única consecuencia es hacerlo parecer aún más vulnerable. No toca la cerveza. Yo insisto en el mutismo, en la convicción de que él debe hablar primero, puesto que la iniciativa de esta extraña invitación es suya. Imagino que ese mutismo acentúa todavía más su incomodidad, pero no veo otra forma.

Por mi parte, estoy temblando. Siento temblores por todos los huesos, como cuando llega el peor frío, que nos atrapa sin esperarlo, que nos estremece. Pienso: al menos eso sí que lo verá, que estoy temblando.

Al final habla. Espero palabras corrientes, para romper el hielo, para sacarnos de la inconveniencia e instalarnos en la banalidad. Podría preguntarme qué tal me va, si me ha costado llegar al bar o qué quiero tomar, esas preguntas las entendería y respondería enseguida, agarrándome con fuerza a esa tabla de salvación como medio de calmar los temblores.

Pero no.

Dice que nunca había hecho esto antes, nunca, que ni siquiera sabe cómo se ha atrevido, cómo se ha sentido capaz, cómo le ha salido de dentro, da a entender todos los cuestionamientos, todas las dudas, todas las negaciones por las que ha pasado, todos los obstáculos que ha tenido que superar, todas las objeciones a las que se ha enfrentado, el combate interior, íntimo, silencioso que ha sufrido para llegar hasta allí, pero añade que ha llegado porque no tenía elección, porque debía hacerlo, porque se le ha impuesto como una necesidad, porque al final la lucha ya era demasiado agotadora. Da una calada al cigarrillo, casi lo muerde, el humo se vuelve contra él.

Dice que no sabe qué hacer con eso, pero que está ahí, y me lo pone a mí delante como el niño que tira el juguete a los pies de los padres.

Dice que ya no aguanta más de estar «solo con este sentimiento». Que le duele demasiado.

Con esas palabras, ha entrado directamente al tema, sin rodeos. Podría haberse enredado con maniobras dilatorias, en contorsiones semánticas o incluso abdicar pura y llanamente. Podría haber querido comprobar antes de venir que no se equivocaba conmigo. Por contra, ha decidido ofrecerse, desnudarse, anunciar, a su manera, el impulso que lo empuja hacia mí, a riesgo de ser incomprendido, burlado, rechazado.

Le digo: ¿por qué yo?

Una forma de ir directo al grano, yo también, de participar de la misma inmediatez, la misma franqueza. Una forma también de validar todo el resto, todo lo que se ha dicho, de liberarnos. De decir: lo he entendido, de acuerdo con todo, me parece bien todo, lo compartimos todo.

Aun así, sigo estupefacto por lo que se ha dicho, porque nada me había preparado para eso, porque todo entra en contradicción con mis certezas. La información recibida es una revelación absoluta, un alumbramiento deslumbrante. También es una explosión, una bala disparada junto a mi tímpano.

Sin embargo, en una fracción de segundo he sabido que debía ponerme a la altura de la situación, una situación que no resistiría el menor balbuceo o aturdimiento, a riesgo de que todo se derrumbara, se viniera abajo.

Y mi instinto me dice que lo que podría salvarnos de la caída, del desastre, es precisamente otra pregunta.

Una pregunta que se hace sola: ¿por qué yo?

Aparece una sucesión de imágenes: las gafas de miope, el jersey de cenefas dado de sí, el alumno con cara de bofetada, las notas demasiado buenas, los gestos de chica. La pregunta está justificada.

Dice: porque tú no eres en nada como los demás, porque, aunque tú no seas consciente, solo se te ve a ti.

Añade esta frase, para mí inolvidable: «Porque tú te irás y nosotros nos quedaremos».

Transcribo esas palabras con los ojos en lágrimas.

Me sigue fascinando que un día alguien dijera esa frase, que me la dirigiera a mí. Y aclaro: lo que me fascina no es la eventual premonición que contiene, ni siquiera el hecho de que se haya cumplido. Tampoco es la madurez o la brillantez que supone, como no lo es la disposición de las palabras, por más que comprenderé que yo no las habría sabido encontrar entonces ni escribir después. Es la violencia de lo que significan, de lo que implican: la inferioridad que transmiten y al mismo tiempo el amor subyacente que manifiestan, el amor hecho necesidad ante la partida próxima, inevitable, el amor hecho posible también por esa partida.

Él sabe algo que yo no sé: que me iré.

Que mi existencia discurrirá en otro lugar. Lejos, muy lejos de Barbezieux, de su languidez, de sus cielos plomizos, de su horizonte amurallado. Que huiré de aquí como quien se escapa de una cárcel, que yo sí que lo conseguiré.

Que preferiré la capital, que allí floreceré, que allí encontraré mi lugar, mi camino.

Que después recorreré el mundo, porque no estoy hecho para la vida sedentaria.

Él imagina una ascensión, una elevación, una epifanía. Me ve abocado a un destino brillante. Está convencido de que en nuestra comunidad casi olvidada de los dioses solo puede haber un número ínfimo de elegidos y que yo soy uno de ellos.

Piensa que pronto no tendré nada que ver con este mundo de mi infancia, que será como cuando un bloque de hielo se separa de un continente.

Si expresara esta convicción, me echaría a reír.

Yo le he dicho: en estos momentos no tengo ninguna ambición. He confesado, eso sí, que querría seguir algunos estudios largos y prestigiosos —soy tan disciplinado, tan formal—, pero ignoro adónde me llevarán, he pensado que tendré que escalar montañas —porque tengo aptitudes de alpinista—, pero las cimas son aún inciertas, imprecisas; en resumen, mi futuro es una incógnita y no me importa.

Peor todavía: tampoco sé que algún día escribiré libros. Es una hipótesis que ni siquiera es concebible, que no está en forma alguna entre las posibilidades, que supera mi burda imaginación. Y si, por extraordinaria, acabara pasándome por la cabeza, la expulsaría enseguida. El hijo del director de escuela, ¿un saltimbanqui? Eso nunca. Escribir libros no es un trabajo apropiado, vaya, es que ni siquiera es un oficio, no da dinero, no aporta seguridad, estatus. Además, la escritura ni siquiera entra dentro de lo que es la vida real, queda fuera o al lado. La vida real pide restregarse contra ella, aferrarse a ella. No, eso nunca, hijo mío, ¡ni lo pienses! Lo oigo como si estuviera aquí. Mi padre.

Y ya lo he dicho: yo no tengo ganas de ir a ninguna parte, el menor deseo de huir. Más adelante sí, me invadirá, me desbordará. Empezará de una forma clásica, con la afición a viajar, descubrir sitios nuevos, los de las postales, los de los mapamundis. Me subiré en trenes, barcos, aviones, recorreré toda Europa. Descubriré Londres, un albergue juvenil al lado de la estación de Paddington, un concierto de Bronski Beat, las tiendas de ropa de segunda mano, los charlatanes de Hyde Park, las tardes de cerveza, los dardos, algunas noches salvajes. Roma, caminar entre las ruinas, buscar la sombra de sus pinos, lanzar monedas a las fuentes, observar cómo los chicos de pelo engominado silbaban a las chicas a su paso, la vulgaridad y la sensualidad. Barcelona, deambular ebrio por las Ramblas y los encuentros casuales frente al mar, tarde. Lisboa y la tristeza que me invade ante tanto esplendor marchito. Ámsterdam y sus volutas envolventes y sus neones rojos. Esas cosas que se hacen a los veinte años, se sobreentiende. Después llegará la afición a moverme, la imposibilidad de quedarme quieto, el horror a lo que te hace echar raíces, a lo que retiene; hay una canción que dice: «*aller n'importe où mais changer de paysage*» (ir a cualquier parte, pero cambiar de paisaje); recuerdo Shanghái, la multitud pululante, la fealdad, una ciudad artificial que ni siquiera la majestuosidad de su río puede salvar; recuerdo Johannesburgo, ser un extranjero blanco en una ciudad negra, aquella provocación, recuerdo Buenos Aires, personas sublimes y desesperadas bailando sobre un polvorín, chicas de piernas interminables y ancianas esperando un regreso que no se producirá. Y de nuevo la necesidad del exilio, de poner miles de kilómetros entre Francia y yo, de introducir el desfase horario, plantearme seriamente instalarme en Los Ángeles, para siempre, para no volver. Sin embargo, a los diecisiete años, nada de todo esto. Nada de partir.

Thomas Andrieu dice que todo ha de quedar en el secreto más absoluto. Que nadie debe enterarse. Que es la condición. Lo tomo o lo dejo. Aplasta el cigarrillo contra el cenicero. Alza por fin el rostro y miro fijamente esos ojos armados de una oscura determinación, casi inyectados de cólera. Digo que de acuerdo. Me impresiona su exigencia, ese ardor en su mirada.

Se me llena la cabeza de preguntas: ¿cómo empezó todo para él?, ¿cómo se le hizo evidente? y ¿cuándo?

¿Cómo lo hace para que a él no se lo note nadie? Sí, ¿cómo puede ser indetectable hasta ese punto? Y también: ¿para él es sufrimiento?, ¿solo sufrimiento? Y además: ¿soy yo el primero o ha habido otros antes que yo, todos igual de secretos? Y aún más: ¿qué imagina él *exactamente* para nosotros? Por supuesto, no le hago ninguna de estas preguntas. Acepto su mando, sus reglas del juego.

Dice: conozco un sitio.

Lo súbito y brutal de la proposición me desconciertan. Hace tan solo una hora éramos perfectos desconocidos, o eso creía yo, porque no había detectado que él me deseara, no me había dado cuenta de que de vez en cuando me miraba de reojo, no sabía que se había informado sobre mí, que había recorrido tanto camino, por lo que, repito: éramos perfectos desconocidos y va y me propone, de buenas a primeras, llevarme a vete a saber dónde para hacer vete a saber qué.

Le digo: te sigo.

En ese momento, lo seguiría adonde fuera, haría todo lo que me pidiera.

Y el caso es que nunca he creído posible semejante rapidez ni facilidad, eso pasa solo en las películas, en las novelas malas o, como mucho, en las grandes ciudades, donde se hace más lo de ligar y enrollarse, las relaciones urgentes, desacomplejadas. Recuerdo que una vez vi a unos desconocidos acercarse y marcharse juntos tras un simple guiño cómplice, desaparecer tras un portón, era en las inmediaciones de la estación de tren de Burdeos-San Juan, cerca del sex-shop, tenía quince años, me sorprendió, me inquietó, pero sobre todo no acababa de creérmelo, no dejaba de repetirme: seguro que me equivoco, es mi imaginación, no te encierras así como así con el primero que se acerca, lo habré interpretado mal. Sigo ahí. Sigo en esa virginidad, sí.

Se pone en pie, deja cinco francos sobre la mesa, por la cerveza que apenas ha tocado. Sale, y yo detrás. Caminamos en silencio, él siempre un poco por delante de mí, a paso vivo, con los hombros encogidos, y no solo por efecto del frío, ha encendido otro cigarrillo. A veces me quedo rezagado, le miro la espalda, la imagino musculosa, la piel lechosa, con lunares aquí y allá, tengo que acelerar el paso para volver a alcanzarlo.

Para mi gran sorpresa, volvemos hacia el instituto, aunque en el último minuto giramos hacia el gimnasio, que a esta hora esta vacío. Y cerrado. Al menos, eso imagino. Pero lo tiene todo previsto. Rodea el edificio prefabricado, salta un muro bajo, va hasta una pequeña ventana, la empuja y cede, se abre. Se cuela por ella. Me pregunto por qué conoce esta abertura, si ya la ha cruzado antes. Lo sigo. Me tiende la mano para que yo también entre. Advierto que es el primer contacto, esa mano tendida. Que nunca antes lo había tocado. Que eso pasa justo entonces, durante ese allanamiento. La piel es suave.

El lugar está desierto, huele a sudor, el recuerdo del esfuerzo de los jóvenes, los efluvios de una higiene bastante dudosa. También se hace eco de nuestros pasos. El suelo rechina. En una esquina, la jaula de balones. Thomas sigue avanzando, me conduce hasta el vestuario, hasta las duchas.

El amor se hace allí.

El amor son bocas que se buscan, que se toman, labios mordidos, un poco de sangre, el pelo de su barba que me irrita el mentón, sus manos que me agarran la mandíbula, para que no me escape.

Es su pelo enmarañado por el que deslizo los dedos, la rigidez de su nuca, mis brazos que lo rodean, que lo aprisionan, para estar lo más cerca posible, para que no quede ningún espacio entre nosotros.

Son los torsos que se encajan, que desnudamos pieza a pieza pero con urgencia, el jersey de cenefas, la camiseta, para que las pieles se toquen. El suyo, su torso, está musculado, es lampiño, los pezones planos, oscuros; el mío es delgado, aún no lo han hundido como pasará más adelante los embates de un médico de urgencias, parece un torso de enfermo.

Son las espaldas acariciadas con frenesí. En la suya distingo bajo mis dedos, como había sospechado, el relieve de los lunares.

Son los vaqueros que se desabrochan. Descubro su sexo, venoso, blanco, espléndido. Ese sexo me deja fascinado. Tardaré años y muchos amantes en volver a sentirme tan deslumbrado.

El amor son los sexos en las bocas, cierta destreza a pesar del arrebato. Es aguantarse el placer, de tan fuerte que es la excitación. Es el dejarse ir, la confianza ciega en el otro.

Percibo que para él no es la primera vez. Los movimientos son demasiado seguros, demasiado simples para no haberlos realizado antes, con otro, tal vez con muchos otros.

Y después me pide que lo tome, que entre en él. Lo dice con todas las palabras, sin vergüenza, sin ordenar tampoco. Lo obedezco. Tengo miedo. Sé que puede doler. Que puede doler si el otro no sabe.

Que la cavidad puede resistir. Me escupo sobre la verga, procedo despacio.

El amor se hace sin condón.

Y, sin embargo, el sida ya está ahí. Incluso ya se lo reconoce por su verdadera identidad. Ya no lo llaman el cáncer gay. Está ahí pero nosotros creemos que estamos a salvo de él, no sabemos nada de la enorme mortandad que va a llegar, que nos dejará sin nuestros mejores amigos, sin nuestros antiguos amantes, que nos obligará a reunirnos en cementerios, a tachar nombres de nuestras agendas, que nos hará enfurecer por tantas ausencias. Está ahí, pero aún no nos da miedo. Y, además, nos creemos protegidos por nuestra extrema juventud. Tenemos diecisiete años. A los diecisiete años no se muere.

El sufrimiento se transforma en goce. Llega el placer.

Y, justo después, el cansancio, un cansancio enorme, que nos deja aturdidos, sin habla, atónitos. Tardamos varios minutos en recobrar el sentido. Nos vestimos, sin mirarnos siquiera, sin pronunciar ni una palabra.

A mí me gustaría hacer algún gesto que implicara ternura, pero no puedo.

Salimos del gimnasio como hemos entrado, colándonos por la ventana. Y afuera encontramos el aire helado del invierno.

Me dice: adiós.

Se aleja. Desaparece.

Debería permanecer en el deslumbramiento. O en la estupefacción. O dejarme desbordar por la incomprensión. Sin embargo, el sentimiento que me invade en ese momento de su desaparición es el de ser *abandonado*. Tal vez porque se trata de un sentimiento que *ya* he experimentado.

Estoy en una feria, la que se instala una vez al año, por Pascua, en la plaza del Castillo. Tiovivos, incluso uno con caballitos de madera, autos de choque, tiro al blanco con carabina, peluches rosas y azules de premio, de todos los tamaños, un tobogán, tragaperras, una máquina de boxeo para medir tu fuerza, puestos de dulces, el aroma del algodón de azúcar, el de los gofres, bares para los adultos, un feriante que no para de vociferar con un micrófono sin que nadie sepa de dónde viene su voz, la música demasiado alta, todo el tiempo, pero nada de payasos, ni ilusionistas, probablemente demasiado caro para un lugar como Barbezieux. Tengo siete años. Mi madre me ha llevado a la feria porque le he insistido muchísimo. Nunca tenemos ninguna animación, solo esta, una vez al año, por Pascua. Mi madre ha cedido. Soy el niño deslumbrado. Quiero subir al tiovivo, constantemente, intentar atrapar el colgante para el viaje gratis, probar todas las atracciones, soy agotador, no veo el agotamiento de mi madre. Tampoco veo que reconoce a una vecina nuestra y se pone a hablar con ella, demasiado ocupado masticando la manzana caramelizada que me ha comprado, y que devoro contemplando los autos de choque, fascinado por los impactos, los gritos, las chispas eléctricas sobre la pista. Tan ocupado que me dejo llevar por la multitud, compacta, desordenada, feliz, que no se fija en un crío minúsculo. La multitud me aleja de mi madre. Cuando por fin me doy cuenta, es demasiado tarde, ya no está en mi campo de visión. Entonces, de pronto, recuerdo lo cansada que estaba hace un momento y cómo me ha dicho: me agotas, recuerdo las palabras: «me agotas». En una fracción de segundo, deduzco que ha decidido abandonarme allí mismo, porque no podía más, porque estaba demasiado excitado, me convenzo por completo de que me ha plantado, que no volveré a verla, que se ha acabado, que seré un niño solo para siempre. Me pongo a llorar de inmediato, o a gritar, es una especie de lamento desgarrador, dejo caer mi manzana caramelizada sobre el asfalto. Y corro en la dirección en la que creo haberla visto por última vez, no está, y entonces corro en todas las direcciones, chocando con las piernas de la gente mayor. Seguro que apenas recorro unos metros, pero el recuerdo que conservo es el de una carrera interminable, anárquica, extenuante, un trance que me sumerge en el estupor, el terror y una tristeza sin fondo. Al final, mi madre me encuentra, me agarra y me sermonea, ella también se ha asustado mucho, se ha alarmado al darse cuenta de que no me veía, me ha buscado por todas partes, ha gritado mi nombre y yo no la he oído, el feriante en el micrófono, la música demasiado alta, la risa de la gente, mi madre me grita, soy imposible, no tengo remedio, no debo alejarme ni soltarme de su mano, me agarra aún más fuerte, me hace daño en el brazo, es su miedo lo que se está expresando, pero a esa edad yo eso no lo sé, solo siento su cólera, una cólera que me aturde por completo. Unos instantes antes me imaginaba huérfano y, cuando encuentro a mi madre, es para recibir sus reproches. Ya no me gustarán las ferias. Me quedará, clavado en el alma, el pánico al abandono.

Cuando Thomas desaparece tras la esquina de la calle del gimnasio, vuelvo a tener siete años.

Los días que siguen son una auténtica pesadilla.

Dudo que el amante venga a buscarme, dado que él mismo ha impuesto la ley del silencio. Los demás alumnos verían enseguida algo raro si se le ocurriera saludarme, si se contentara con saludarme, incluso en la distancia. Porque, como ya he dicho, pertenecemos a dos círculos distintos, sin intersección posible: el hecho de coincidir, ni siquiera de forma furtiva o accidental, es directamente impensable. Queda descartado arriesgarse lo más mínimo, eso lo he entendido.

Lo he entendido y, sin embargo, no puedo evitar esperar alguna señal solo detectable por nosotros, un roce que parecería fruto del azar, un guiño que nadie más vería, una breve sonrisa. Sueño con una breve sonrisa.

Pero nada. Nada de nada.

Solo invisibilidad, la mayor parte del tiempo. Como si llegara al instituto en el último momento, como si se fuera en cuanto suena la campana, como si no saliera prácticamente nunca del aula.

Y en los poquísimos segundos arrebatados en el patio, en los pasillos: una indiferencia total. Peor que la frialdad. Cualquier espectador atento distinguiría incluso la hostilidad, la voluntad de mantenerse a distancia.

Esta impermeabilidad me mortifica. Y da pie a mil hipótesis.

Me pregunto: ¿y si se ha arrepentido? ¿Y si, para él, todo ha sido un ataque de locura, un trágico error, un grotesco desvío? Se comporta como si no hubiera pasado nada, como si todo debiera quedar olvidado, enterrado. Es incluso más potente que un olvido: parece una negación. De pronto ya solo veo eso: su repudio. Me enfrento a la negación de lo que nos ha precipitado el uno contra el otro; la supresión de la imagen.

Para escapar de semejante condena con visos de excomunión, busco cómo mitigar: puede que solo esté decepcionado, no he estado a la altura de sus expectativas, de su deseo. Me repito, contra la evidencia:

una decepción se puede corregir, se puede compensar. Y me quedo ahí, esperando poder mendigar una segunda oportunidad. Me aferro a la eventualidad de una redención.

Pero, como es de esperar, vuelven a mí la delgadez, la miopía, la debilidad de todo el cuerpo, y la fealdad del jersey de cenefas, y la supuesta superioridad que aleja; por cada defecto, una derrota. Vuelvo a ser el que era antes, el chico que intriga, no el que gusta. Pienso que lo de gustar apenas ha durado el tiempo de un encuentro, en un vestuario. Que lo de gustar ha sido tan solo una ilusión.

Descubro la dentellada de la espera. Porque me niego a saberme vencido, a creer que no tendrá futuro, que no se repetirá. Me convenzo de que hará algún gesto en mi dirección, que lo contrario sería inconcebible, que el recuerdo de los cuerpos enredados vencerá su resistencia. Pienso que no se trataba solo de cuerpos, sino también de necesidad. Que contra la necesidad no se lucha, o, si lo hacemos, acaba derrotándonos.

Descubro la dentellada del anhelo. El anhelo de su piel, de su sexo, de lo que he poseído y me ha sido retirado, que se me debe devolver, so pena de demencia.

Más adelante, escribiré sobre el anhelo. Sobre la privación insoportable del otro. Sobre la pobreza que causa esa privación; una pobreza que se cierne. Escribiré sobre la tristeza que corroe, la locura que amenaza. Se convertirá en la matriz de mis libros, casi a mi pesar. A veces me pregunto si en algún momento he llegado a escribir sobre otra cosa. Como si no me hubiera recuperado de aquello: *del otro vuelto inaccesible.* Como si eso ocupara todo el espacio mental.

La muerte de muchos de mis amigos, tan jóvenes, lo empeorará, agravará el dolor. Su desaparición prematura me sumergirá en los abismos de la tristeza y la perplejidad. Tendré que aprender a sobrevivirlos. Y la escritura puede ser un buen medio para sobrevivir. Y para no olvidar a los muertos. Para seguir el diálogo con ellos. Pero el anhelo se origina probablemente en esta primera deserción, en una estúpida herida amorosa.

Descubro que la ausencia tiene consistencia. Tal vez la de las aguas oscuras de un río, un río de petróleo quizá, en cualquier caso un líquido pegajoso, que ensucia, contra el que forcejearíamos, en el que nos ahogaríamos. O también una espesura, la de la noche, un espacio indefinido, en el que no hay puntos de referencia, donde podemos chocar, donde buscamos alguna luz, si acaso la más tenue, cualquier cosa para aferrarnos, para que nos guíe. Pero la ausencia es, sobre todo y evidentemente, el silencio, ese silencio envolvente, que se apoya en los hombros, en el que cualquier ruido imprevisto, no identificable, o el rumor del exterior provoca un sobresalto.

Para no hundirme del todo solo he encontrado esto: recuerdo el cuerpo, el sexo blanco, venoso, los lunares. El deslumbrante recuerdo me salva de la ruina.

Tendrán que pasar nueve días para que Thomas vuelva a acercarse.

Nueve días. Los he contado. Y me he quedado con la cifra.

Nos cruzamos en un pasillo oscurecido por la lluvia invernal, una de esas lluvias que invitan a la noche en pleno día. O, para ser más preciso, salgo de la biblioteca, adonde he vuelto para sacar un libro en préstamo, no recuerdo su título, ¿sería *Por el camino de Swann*, que intenté leer, en vano, en aquella época de mi vida? Imagino que no era una novela contemporánea, porque escaseaban, en el Ministerio de Educación debían de pensar que había que protegernos del presente, encerrarnos en el pasado, obligarnos a conocer nuestros clásicos, a mantenernos en nuestro estado de pequeños monos sabios, el caso es que salgo de la biblioteca, con el libro bien aferrado a mi costado, mi atención aún concentrada en ese préstamo, y Thomas camina hacia mí, y me quedo hechizado, petrificado, me fijo en que hunde la mano en el bolsillo trasero del vaquero y saca algo, es un trozo de papel, que me da deprisa, esperando que no lo descubran, y sigue su camino, pienso que ha preparado la escena, que esperaba aparecer ante mí en las circunstancias favorables para pasar a la acción, me desconcierta tanta precaución, en otro contexto podría encontrarlo ridículo, pero entiendo que le puede el miedo, el pánico, supongo que es un miedo tan fuerte que seguro que no es solo de ser descubierto, es también un miedo de sí mismo, *un miedo de lo que es.*

Espero a que acabe el baile de idas y venidas por el pasillo, que se haga el vacío, a riesgo de llegar tarde a la clase que me toca ahora, y desdoblo el trozo de papel. En él, solo la mención de un lugar y una hora (nada más, ni mi nombre, ni su firma, ni una muestra de amabilidad, ni una esperanza, así todo se reduce a lo esencial, así se niega el sentimiento, así el trozo de papel no podrá utilizarse nunca como prueba de cargo). Tenemos otra cita.

Ha elegido un cobertizo, el que está al lado del campo de fútbol, donde se guardan los balones, la equipación, materiales varios. El campo está vacío, aunque de todas formas, con lo fuerte que está lloviendo, sería impracticable, corro bajo ese diluvio, con los bajos del pantalón enfangados. Al acercarme al cobertizo veo que la puerta está entreabierta. Thomas me espera dentro, con la ropa mojada, el pelo goteando sobre las mejillas, acaba de llegar. Le pregunto cómo lo ha hecho, cómo ha podido abrir esa puerta, no puede tener la llave, esas dependencias suelen estar cerradas para que nadie se lleve lo que allí se guarda, me dice que no hay cerradura que se le resista, que lo hace desde que era pequeño, forzar cerraduras, que esa habilidad suya le divierte a su padre y a sus primos, hasta el punto en que en las sobremesas de los domingos siempre le piden que haga alguno de esos trucos, que es un poco mago.

Me doy cuenta de que estamos teniendo nuestra primera conversación.

Hasta entonces, solo había hablado él. En el bar de los borrachos y los de las apuestas, yo no dije ni una palabra. Después, en el gimnasio, solo hubo sexo.

Ahora, aquí, estamos hablando de eso: cómo se fuerzan las cerraduras, ese don que ha descubierto que tiene, que ha perfeccionado, que le granjea felicitaciones y parabienes. Sonrío mientras me lo cuenta. También es la primera sonrisa que le dirijo. Me la devuelve. Me parece que esto crea una intimidad como mínimo igual de fuerte que la de las pieles imantadas, adheridas una a la otra.

El pelo sigue chorreándole y se le queda pegado a la frente, su belleza es escandalosa. Se acuclilla sobre una colchoneta. Lo imito.

No le pregunto: ¿por qué has esperado tanto a decir algo?, ¿has tenido dudas?, ¿habías decidido no verme más y luego has cambiado de opinión? Sé, por pura intuición, que nunca deberé hacerle la menor pregunta, que nunca deberé pedirle explicaciones. Y saberlo me tortura.

No le digo: te he echado de menos. Sé que tampoco puedo ser sentimental, que cualquier muestra de confianza le horrorizaría.

Hablo de cerraduras. Y no veo ninguna metáfora en ellas. Sencillamente porque no la hay.

Y se hace el silencio. Las miradas se modifican, veladas de pronto por la timidez y por el deseo. Llegan los besos; besos carnívoros.

Una vez saciado el deseo, el placer experimentado, el esperma esparcido, los cuerpos satisfechos, imagino que pasará como la otra vez en el gimnasio: el mutismo, los caras vueltas, la incomodidad, la separación precipitada. Sin embargo, él decide otra cosa. Dice que aún llueve demasiado, que será mejor esperar, que no vendrá nadie. Entiendo que tiene intención de hablar.

Me cuenta que vive en Lagarde-sur-le-Né. Conozco ese pueblo, mi abuela murió allí. Digo pueblo cuando más bien debería decir aldea, porque no hay calles y casas, son sobre todo granjas, y está conectada por una carretera secundaria, precisamente la carretera en la que fue atropellada mi abuela. Pasó al anochecer, lo que se dice, y nunca más oportuno, «al morir la tarde», mi abuela cruzaba detrás de mi abuelo, no recuerdo qué hacían allí los dos, supongo que me lo contaron y lo he olvidado, tal vez iban a ver amigos que vivían allí, habían aparcado el coche en el arcén, tenían que cruzar, él pasó primero, como hacía siempre, ella no oyó acercarse una camioneta, no fue un impacto muy fuerte pero suficiente para que muriera a consecuencia de las heridas. Mi abuelo no vio el accidente, estaba de espaldas, oyó el frenazo, la colisión, cuando se dio la vuelta el cuerpo estaba tendido sobre la calzada, la cabeza había chocado contra el asfalto, al parecer fue ese traumatismo el que causó la muerte. Mi abuela no había cumplido sesenta años, yo era muy pequeño cuando se fue, no tengo recuerdos de ella, tan solo la imagen de una mujer imprecisa de pelo gris de pie tras un ventanal, pero posiblemente es una imagen recompuesta, que quizá no ha existido nunca. Sé lo que pasó porque me lo contaron, porque se lamentaban de aquella distracción, de aquel golpe de mala suerte, morir en una carretera por la que nunca pasa nadie, culpaban a la luz menguante, repetían: un minuto antes o después y no habría pasado, recuerdo esa expresión: «Un minuto antes o después».

Años después, Patrice Chéreau, sin saber nada de este infortunio, me dijo: la gente que muere atropellada a veces lo hace aposta, se arroja bajo las ruedas de los coches, es cierto sobre todo cuando los accidentes parecen incomprensibles, cuando todo el mundo dice que podrían haberse evitado. Incluso le hizo decir algo muy parecido a uno de sus personajes en su última película, *Persécution*. Decía: a la gente ya le va bien creer que es un accidente, es menos embarazoso que un suicidio.

Me he planteado la posibilidad de que mi abuela se hubiera suicidado. No sé, la verdad. En el fondo, creo que me gustaría bastante que se hubiera matado, sería el único acto de mujer libre de toda su existencia, su único comportamiento iconoclasta, ella que se pasó la vida haciendo hijos (siete en una veintena de años), criándolos y quedándose obligatoriamente a la sombra de un esposo promiscuo y admirado.

O sea que Thomas Andrieu vive en ese pueblo, sinónimo de muerte.

Vive en una granja. Sus padres son agricultores, poseen pequeñas parcelas, son gente modesta que vende el producto de su viñedo a las destilerías de coñac. Se corrige: el término exacto es un cercado, un *clos*, filas de viñas rodeadas de pequeños muros.

Me gustaría interrumpirlo para decirle que ya sé de qué habla. En mi infancia, delante de la escuela, al otro lado de la carretera principal, también hay viñas, cultivadas en laderas, sarmientos tortuosos, nudosos como bestias fantásticas. A los siete u ocho años pido participar en las vendimias. Como soy el hijo del maestro, me explican que no es sitio para mí, pero insisto, y ceden, como se cede a un capricho, un antojo. Me envían a casa de unos vecinos que hacen coñac. Ahí estoy, pues, el niño repeinado «recolectando uvas», quitando hojas, separando los racimos, arrojándolos a un cesto, con exceso de precaución, como retardado, no es consciente de que le hacen un favor, que toleran su presencia cuando aquello es un trabajo real, y encima muy duro, que exige destreza, agilidad, aguante. A mi alrededor, españoles: los llaman para las dos o tres semanas que dura la vendimia; una mano de obra barata, dócil, llegada desde Bilbao o Sevilla. A mí los españoles me caen bien, son alegres, tienen la piel curtida, no los entiendo cuando hablan, por la tarde se juntan en un campamento, han aparcado sus caravanas en unos terrenos, seguro que los explotan, pero no se quejan; con el fruto de su trabajo, se elaborará un aguardiente reputado, un licor muy caro, exportado a todo el mundo, consumido en Japón, en China, ellos no verán ni un céntimo de las ganancias. Terminada la jornada, soy el niño feliz que se mete en la cuba, pies y piernas desnudos, para pisar la uva, para reventar los granos. Al final de la temporada, todo el mundo se reúne en torno a una mesa interminable, todo el mundo se mezcla, se habla fuerte, se bebe, se ríe, se toca la guitarra, antes de separarse hasta el otoño que viene o hasta nunca. Para mí, la separación es desgarradora. Más tarde, me siento en la destilería, delante de los alambiques, los tubos de cobre, espero que el humo salga, se escape, lo llaman «la porción de los ángeles». Soy el niño que espera la porción de los ángeles. A mi padre le hace gracia que su hijo participe en este ritual, pero ya ha dicho y repetido que no quiere eso para él, ni la tierra ni los campos ni ningún oficio manual. No seré un proletario, de eso ni hablar. Así pues, me quedo callado mientras Thomas habla de las viñas.

Dice que también tienen vacas. Entre otros animales.

Esta vez, tomo la palabra para explicar que sé ordeñar vacas. En el pueblo donde nací hay un establo al que íbamos cada dos noches a comprar leche fresca (o más bien caliente, porque era recién salida de la ubre del animal). Me fascina el espectáculo de la granjera ocupada en amasar las ubres para extraerles la leche. Enseguida pido imitarla, le digo: enséñame. Me enseña los gestos. Se me da bien. Para mí es como un juego. Y los juegos se me dan bien. Y las vacas no me dan miedo, no me da miedo que me suelten una coz, que agiten la cola, deben de sentir que no tengo miedo, se dejan hacer. Ahora, cuando cuento esto, nadie me cree. Cuando le digo a S. que poseo esta curiosa habilidad, él tampoco me cree, está convencido de que lo digo para hacerme el interesante, que me lo invento. Me está bien empleado. Es lo que pasa cuando tienes la costumbre de fantasear.

En ese momento, Thomas suelta una carcajada, él también. No me imagina, sentado en un pequeño taburete, manoseando con los dedos los pares de ubres. Me ofende. Dice que no soy ese chico, que es imposible, que yo soy el chico de los libros, del mundo exterior.

Eso es importante: él me ve de una forma y no lo cambiará. Al fin y al cabo, el amor solo fue posible porque él me vio, no como yo era, sino como acabaría siendo.

La lluvia sigue repiqueteando contra el techo metálico del cobertizo. Estamos solos en el mundo. Nunca he apreciado tanto la lluvia como entonces.

Dice que le gusta la granja, la tierra. Pero que aspira a otra cosa. Le digo que *hará* otra cosa, puesto que ha empezado unos estudios que se lo permitirán, que, cuando tenga su bachillerato en el bolsillo, podrá intentar medicina o farmacia o lo que quiera. Responde que no cree que se lo pueda plantear, porque es el único chico de la familia, tiene dos hermanas, y la granja se morirá si no se la queda él. Replico indignado que aquello acabó, que ya no son los años cincuenta, que los hijos ya no tienen por qué ser el relevo de sus padres, que el trabajo del campo ya no es ninguna herencia, la agricultura está destinada a morir de todas formas, es un callejón sin salida, le digo que tiene que pensar en su futuro. Se le ensombrece el rostro. Dice que no le gusta que hable así.

La lluvia se va apagando. Se pone en pie y va hasta un ventanuco a mirar hacia fuera, el césped embarrado, casi gris, los bordes inciertos, los postes oxidados, las redes medio sueltas, zarandeadas por breves ráfagas de viento, las gradas desiertas; esa desolación. Solo se ha puesto los vaqueros, sigue con el torso desnudo, pese al frío. Me levanto yo también y me acerco para pegarme contra su espalda, rodeándole el vientre con los brazos, se tensa a mi contacto, rechaza el gesto de ternura. Le digo: es para que tengas menos frío.

Se libera lentamente de mi abrazo, agarra su camiseta y su jersey y se los pone.

Está claro que sigue muy enfadado por lo que he dicho: matar al padre, dejar la tierra. Por la cara que pone, cree que yo no sé de qué hablo. Y cree que no mido la violencia de esos actos. Le ha molestado mucho mi atrevimiento.

Dice que yo lo tengo más fácil, que todo saldrá bien, que me apañaré, es mi destino, lo ve claro, estoy hecho para ese mundo, que me abre los brazos. En cambio, para él, es como si hubiera una barrera, un muro infranqueable, como si todo estuviera prohibido.

Volverá a mencionar alguna otra vez lo de lo prohibido y yo intentaré demostrarle que se equivoca. En vano.

Ha dejado de llover. Y de repente nos sentimos menos protegidos, menos aislados de los demás, con la sensación de que podría llegar alguien. Percibo su preocupación, el temblor de su pierna, el nerviosismo en su rostro. Hay que irse ahora, salir de allí ya es imperativo. Antes de pasar la puerta, le pregunto, me atrevo a preguntarle: ¿nos veremos pronto?

Responde sin dudar.

Dice que sí, claro.

Oigo el «claro», que significa que empieza una historia, que no volveremos atrás, que no se va a acabar todo. Podría llorar. Demasiado sentimental, lo sé.

Digo: pues, si quieres, la próxima vez podemos vernos en mi casa. No logra disimular su sorpresa, incluso su repugnancia. Se me ocurren varias hipótesis: prefiere lugares improbables, extravagantes, una habitación es algo esperable, previsible, de pequeñoburgueses; prefiere los terrenos neutros, en los que estamos en igualdad de condiciones, jugar en el campo del adversario es partir con desventaja; no acaba de saber si quiere conocer el lugar más íntimo, sería dar un paso importante hacia la implicación.

Pienso que la única objeción aceptable a sus prevenciones tiene que ser materialista, concreta, casi trivial. Digo: mis padres trabajan, nunca están en casa, nadie nos molestará.

Juego con su pánico a ser descubierto. Responde que vale, que vendrá.

Determinamos un día. Una hora.

Me manda salir del cobertizo el primero, él esperará unos minutos y cerrará con llave, se mantiene varios pasos atrás como para evitar que lo bese, para que no haya efusión, sobre todo, nada de cariño.

Mientras dure nuestra relación, desconfiará siempre de la ternura.

Y claro, ahora que lo pienso: él no me invitará a su casa ni una sola vez. No veré el caserío, las viñas que lo rodean, los animales que pastan. No veré, dentro, el suelo de baldosas frías, las paredes estucadas, las habitaciones oscuras y de techo bajo, los muebles macizos (entiéndase que lo invento; lo invento porque, precisamente, no lo·vi nunca). No conoceré a los padres, ni siquiera de lejos, un cruce de miradas, estrecharse las manos, no; supongo, de todas formas, que nunca les habrá hablado de mí, ni siquiera por descuido (él no es dado a los descuidos). Y, sin embargo, me hubiera gustado ver *cómo eran*. No lo habría traicionado, por supuesto. Habría hecho el papel de compañero de clase. Puedo hacer todos los papeles. Seré yo, un día, el que decidiré ir por mi cuenta a Lagarde, al pueblo, un día que sabré que él no está y que merodearé para intentar ver qué casa puede ser, qué familia. Estaré incluso a punto de preguntar a un anciano sentado en un banco delante de la iglesia, pero desistiré, incomodado de pronto por mi impudor. Y me iré.

El día previsto, justo antes de que Thomas llame al timbre de casa, estoy muy nervioso. Me he afeitado dos veces, cuando en esa época soy prácticamente imberbe, me he cortado, tengo una herida en la parte inferior de la mejilla izquierda, he pasado un poco la piedra de alumbre, pero no ha cambiado nada, estoy seguro de que estoy desfigurado. También me he puesto perfume, no tengo costumbre, apesto, y es el perfume de mi padre, de olores animales, no vegetales, predomina el almizcle, el olor marea. Llevo ropa oscura, pienso que es lo que le gusta. Me había cambiado, pero me he puesto otra vez lo de al principio. Ah, y he contado las horas, los minutos que faltan para que aparezca, y he mirado por la ventana, tras los visillos para que nadie me vea. Me ha apenado no saber fumar, un cigarrillo me habría ido bien, la gente dice que calma los nervios.

Cuando entra, no se da cuenta de mi nerviosismo, ni tampoco de tanto preparativo, solo se fija en la casa, por la que se mueve como por un campo de minas. No hace la menor observación sobre el tamaño, la luminosidad, la decoración, se limita a comentar que hay muchos libros, que nunca había visto tantos libros, pide ir a la habitación, no quiere demorarse. Hay que subir dos tramos de escalera.

La habitación es bastante amplia, dividida en dos por un tabique separador entre la parte de dormir y el escritorio. El techo es de buhardilla, las ventanas son pequeñas. En el suelo, una moqueta de color *beige*, salpicada de manchas, restos de barro arrastrado por los zapatos, supongo. En las paredes, pósters del cantante Jean-Jacques Goldman. Thomas me mira arqueando las cejas, como burlándose. Dice que Goldman es para chicas. Ofendido, le respondo que se equivoca, que debería escuchar con atención la letra de las canciones, sobre todo de aquella titulada *Veiller tard* (Despertar tarde), donde recuerda «esas palabras encerradas que no se han sabido decir, esas miradas insistentes que no se han sabido ver, esas llamadas evidentes, esos destellos tardíos, esos arrepentimientos que muerden por la noche». Me contesta que la letra no tiene la menor importancia, que solo cuenta la música y la energía que se desprende de ella. A él le gusta la banda Téléphone. No le digo que las letras de Téléphone también son importantes porque diría que no le dé la paliza. Y en esos momentos, para él, tan solo soy un moñas sin remedio.

Si lo hubiera sabido entonces, le habría dicho que a Duras le encantaba la canción *Capri, c'est fini*. En *Yann Andréa Steiner*, además, escribe: «Sí. Un día pasará, un día sentirá el espantoso arrepentimiento de lo que califica de 'insufrible', es decir, de lo que hemos intentado usted y yo durante este verano del ochenta de lluvia y de viento. A veces es a la orilla del mar. Cuando la playa se vacía, a la caída de la tarde. Cuando ya se han ido los niños de las colonias. En esa extensión de arena, de repente, se oye el grito de que Capri se ha terminado. Que ERA LA CIUDAD DE NUESTRO PRIMER AMOR, pero que ahora se ha terminado. TERMINADO. De repente, es terrible. Terrible. Cada vez llorar, huir, morir porque Capri ha dado vueltas como la Tierra, hacia el olvido del amor».

También podría haberle contado lo que François Truffaut le hace decir al personaje interpretado por Fanny Ardant en *La mujer de al lado*; encima, yo acababa de ver aquella película: «Solo escucho canciones, porque dicen la verdad. Cuanto más tontas, más verdaderas. Y tampoco son tan tontas. Ya ves qué dicen. Dicen: 'No me dejes…', 'Tu ausencia me ha roto la vida', o 'Sin ti, soy una casa vacía…'. 'Déjame ser la sombra de tu sombra' o bien 'Sin amor, no somos nada de nada…'».

A lo que Depardieu le contesta: «Bueno, Mathilde, tengo que irme».

Esas ganas de pasar a otra cosa, ese mismo desdén aburrido es el que presiento cuando Thomas comenta mis gustos musicales. Se recobra al ver los libros, todos esos libros en las estanterías y en montones. Y lo reconquista algo parecido a la admiración. Pero es una admiración dolorosa. Lo que le gusta de mi casa es lo que me aleja de él.

Dice que me la quiere chupar, que no puede esperar, parece que le acaba de surgir la necesidad, que no la ha elaborado previamente, que no se ha ido creando estos días que ha estado sin mí, no; estalla allí mismo, se manifiesta, un segundo antes no existía. Me arroja sobre la cama, me desabrocha los vaqueros, me baja los calzoncillos, si pudiera los rompería, es una imagen de película porno hetero, la chica a la que le arrancan las bragas de algodón blanco, me dejo hacer, mi sexo se hincha en su boca. Al principio no me atrevo a mirar mientras me la chupa, pienso que no soportará que lo miren haciendo algo así, pienso además que todo hay que hacerlo solo según sus apetitos, y también solo según sus inhibiciones. Al final alzo la cabeza despacio, me incorporo sobre los codos, lo contemplo, asombrado por su voracidad, parece un niño muerto de hambre al que acaban de traerle la comida, y que prefiere atragantarse. No sé en su caso de qué profundidades sale esta necesidad de una verga, pero percibo la represión, la autocensura, que han precedido a tanta urgencia.

Pasaré aún varias semanas preguntándome si me ha elegido a mí solo porque estaba disponible, porque era el vehículo ideal para colmar sus deseos reprimidos y porque no había visto a otros como yo. Me diré una y otra vez: en el fondo, para él, solo soy el chico con el que folla, nada más, reducido a un cuerpo, un sexo, una función.

Hablando de sexo desacomplejado y antes de que me olvide: varios años después conoceré a actores porno, incluso compartiré piso muchos meses con uno de ellos, en California, la meca de esta industria. Iré con regularidad a los rodajes, los veré calentando, fingiendo la atracción, agarrando al otro, manteniendo el ritmo, inmovilizándose para una foto, continuando como si nada, jadeando de mentira, me haré amigo de esos chicos que hacen el amor por varios cientos de dólares. Descubriré que algunos se dedican a eso para ganarse la vida y para ellos es un oficio como cualquier otro, aprovechan lo que les ha dado la naturaleza. Otros son máquinas de guerra, pasan varias horas diarias en los aparatos de los gimnasios, con el único fin de lucir un cuerpo perfecto, o más exactamente un cuerpo que corresponda a los cánones de ese negocio, se inyectan esteroides, tienen los hombros cubiertos de granos, se pagan sesiones de bronceado, en el plató compiten entre ellos. Otros, finalmente, disfrutan multiplicando los compañeros, retozando delante de una cámara, los hay que incluso se rinden a los encantos del compañero de la jornada, lo que quizá confiere más autenticidad a la escena. Todos están encantados con su cuerpo. Todos afirman que, para ellos, el sexo es una necesidad vital, una droga. Todos o casi todos son chicos enternecedores.

Thomas se desnuda, esparciendo la ropa por la habitación, él también quiere estar desnudo y que las pieles se toquen (a él la desnudez no le cuesta nada, me enseña a temer menos la mía). Me acaricia, con manos expertas, sabe lo que hay que hacer. Me devora las caderas, el pecho. Gime. Oigo ese gemido que no ha podido contener, que ha liberado quizá sin darse cuenta: me emociona muchísimo. Creo que ya lo he escrito: nada me emociona tanto como esos instantes de abandono, de olvido de uno mismo.

Se pone boca abajo para que lo penetre, se arquea ligeramente. Le veo la pelusilla en la unión de las nalgas. Deslizo la lengua, vuelve a gemir, también tiembla, la piel del culo ahora piel de gallina. Entro en él. Ante mis ojos, un póster de Goldman y, a mi alrededor, la decoración de un dormitorio de adolescente, un adolescente al que ahora mismo estoy matando.

Luego vuelve a hablar. Como si se hubiera abierto una válvula. En realidad, él no habla mucho. En su familia, las comidas son en silencio, las veladas, cortas, el agotamiento obliga a acostarse pronto. En el instituto, deja que los demás cuenten sus cosas, ya me he fijado, él se mantiene siempre un poco al margen, fumando un cigarrillo, son los demás los que hablan, a veces ni siquiera se esfuerza por parecer que los escucha. Recuerdo que eso fue lo que me gustó de él, el retraimiento visible, el aislamiento. Conmigo, se siente autorizado a decir algo. Pero tal vez lo hace por él mismo, como quien lanza botellas al mar, o como quien lleva un diario personal o incluso como el barbero del rey Midas: porque es demasiado para guardárselo.

Habla de sus «hermanas pequeñas». Nathalie y Sandrine. Dieciséis y once años.

Dice que Nathalie tiene un año y medio menos que él, que era *lógico* un segundo hijo tan seguido del primero, pero que no se le parece en nada, que se parece a su padre, tiene los ojos claros; y una fuerza que también es la de su padre.

Le digo: ¿entonces tú has salido a tu madre? Dice que tiene su mirada sombría, sí. Y añade: algo de extranjero. Esta frase no la entiendo. No le pido explicación. Supongo que las explicaciones ya llegarán más adelante.

Nathalie ha dejado los estudios generales para aprender secretariado en un centro especializado en el que está interna, vuelve a casa los viernes por la noche, pero ayuda a los trabajos de la granja el fin de semana, siempre hay algo que hacer.

Dice que no se llevan muy bien, que son como el agua y el aceite; la encuentra demasiado pragmática, siempre con los pies en el suelo, siempre dando lecciones, como si ya fuera vieja.

A Sandrine, en cambio, la adora. La pequeña y última, que llegó con retraso, un accidente. El rostro de Thomas se ilumina cuando habla de ella. Y, sin embargo, su llegada al mundo fue una catástrofe para los padres. Los médicos dictaron sentencia enseguida: no es normal, no lo será nunca. Por aquel entonces no había ecografías, no pudieron detectar nada. La anormalidad provocó estupefacción. Sandrine está bloqueada en la infancia, para toda la vida. Su padre no sabe qué hacer al respecto, Nathalie no siempre es amable, enseguida pierde la paciencia con la lentitud y la torpeza de la pequeña. La madre, por su parte, no dice nada, pero no se desprende de cierta tristeza desde que llegó la bebé retrasada.

Él es el mayor, el único chico, y da a entender que eso genera especial responsabilidad.

Yo, en cambio, soy el menor. Mi hermano realizará una carrera brillante y poco después hará una tesis y se convertirá en un muy honorable doctor en matemáticas, recibiendo incluso la enhorabuena del jurado, se decantará por la investigación, publicará artículos en revistas internacionales inaccesibles a los legos, dará conferencias por todo el mundo. Se puede imaginar lo que significa ir después de él. En la comparación salgo sistemáticamente mal parado. Por eso le explico a Thomas que puede que el destino que él ve para mí no sea más que una carretera secundaria comparado con el que le espera a mi hermano. Dice que estoy equivocado.

Le cuento también que estuve a punto de tener un hermano pequeño: mi madre se quedó encinta siete años después de que yo naciera, pero el embarazo no llegó a término, el aborto espontáneo se produjo muy tarde, casi al sexto mes, mi madre salió exangüe y desesperada de aquel trance, aunque ella jamás dijo ni una palabra sobre el tema (no, ni una... un ejemplo de templanza). Se habría llamado Jérôme o Nicolas. Pienso bastante a menudo en aquel hermano que nunca tuve.

Thomas dice: ¿ves cómo somos de dos mundos diferentes? *Dos mundos que no tienen nada que ver.*

Vuelvo a su madre, que es quien me interesa. Enseguida me cuenta que es española. Llegó a Francia hace veinte años, con sus hermanos, les habían encontrado trabajo en una granja, en este caso nada de exilio por el franquismo, nada de voluntad de huir del partido único, de la censura, de los tribunales de orden público, del despotismo, no, tan solo una chica que sabía que al otro lado de la frontera había trabajo, conoció a Paul Andrieu, de veinticinco años, aspecto alocado, los hermanos acabaron regresando, ella se quedó.

Le pregunto: ¿dónde de España? Aparta la pregunta con un gesto de la mano, dice que no lo conoceré. Ante mi insistencia, acaba dándome un nombre: Vilalba. Digo, sí, está en Galicia, en la provincia de Lugo. Se sorprende: ¿cómo lo sabes? Contesto: está en el Camino de Santiago. Me pregunta si ya he ido. Digo que no, nunca, por qué iba a hacerlo, no soy de los que peregrinan, pero que lo leí en un libro y me quedé con el nombre. Se burla de mí, dice: sabía que eras esa clase de chico, de los que lo saben todo por los libros. Añade, ensombrecido: pero lo peor es que, si nos preguntaran a los dos, estoy casi seguro de que tú podrías hablar de ese pueblo mejor que yo.

Cuando me haya hecho novelista, escribiré sobre lugares en los que nunca he estado, simplemente porque he leído su nombre en el mapa y me ha gustado su sonoridad. *Un instante de abandono*, por ejemplo, transcurre en Falmouth, en la Cornualles británica, donde nunca he puesto los pies. Sin embargo, quienes lo han leído quedaron convencidos de que conozco el lugar «como la palma de la mano». Hay quien incluso ha dicho que la población es «exactamente» como yo la describí, que era impactante tanta precisión. A estos suelo responderles que lo verosímil importa más que lo verdadero, que lo ajustado importa más que lo exacto y, sobre todo, que un lugar no es una topografía, sino la forma en cómo se cuenta, no una fotografía, sino una sensación, una impresión. Cuando Thomas me dice que su madre es de Vilalba, visualizo enseguida a una niñita de media melena, ojos negros, con un vestido corto de lino blanco, sola en medio de un callejón empedrado, muerta de calor, como abandonada, y una iglesia un domingo por la mañana, los fieles van a misa, y también una torre fortificada al pie de la cual unos niños se pondrán a jugar al escondite, la niña se les unirá, y albergues a la salida del pueblo para los peregrinos de paso, un mundo fosilizado, el aburrimiento. Estoy seguro de que esta imagen es ajustada. E, incluso si no lo es, albergo la esperanza de que el lector habrá *visto* a la niña y, así, habrá *visto* el pueblo.

En su infancia y adolescencia, él baja varias veces al pueblo, en verano, para estancias muy cortas porque la granja no se puede dejar sola demasiado tiempo, el joven aprendiz que se queda a cargo no puede hacerlo todo, los animales necesitan atención permanente, las cosechas podrían echarse a perder. Se montan en el coche, primero un Simca 1100 verde, luego un Peugeot 305 Break (¿cómo puedo acordarme de esto?), los tres niños sentados detrás, las maletas en la baca del techo. Hace un calor insoportable, el padre ha puesto trapos en las ventanillas para que no entre el sol. Se paran cada dos horas en áreas de descanso de las autopistas, o en aparcamientos, para comer los bocadillos enfundados en papel de aluminio, preparados por la mañana antes de salir, o para estirar las piernas, para hacer pipí, para llenar el depósito. Reemprenden el camino, la radio está puesta, pero la mayor parte del tiempo no sintoniza nada o lo sintoniza mal, las canciones llegan entrecortadas, inaudibles, no oyen nunca el final de los chistes, las noticias no se entienden. El trayecto se hace eterno.

Toda la familia de su madre sigue viviendo en Vilalba. Los hermanos se han casado, tienen hijos, él tiene primos, primas, todo ese pequeño mundo vive en un perímetro de apenas un kilómetro. Los reencuentros son felices, las despedidas, tristes, lamentan haber tenido tan poco tiempo. Thomas dice que no conoce demasiado Vilalba porque en realidad se quedan en la casa, para conversaciones interminables, salpicadas de risas y lamentos, para comidas y cenas que se alargan. Dice que España, para él, es la gente de su familia, que se interrumpen unos a otros al hablar y que comen y beben y que se quieren, hasta que cae la noche.

Pregunto: ¿y por eso has dicho lo de que tienes «algo de extranjero»? Dice: sí, la mirada sombría, la piel morena. Y esa sensación, no sé, de no estar del todo en mi sitio, aquí, de estar algo desarraigado, como si se pudiera heredar el desarraigo.

No le pregunto si también tiene la fragilidad de su madre, aunque llevo resistiendo la tentación de hacerlo desde que ha dicho que su hermana poseía la fuerza del padre. Se negaría a contestar esa pregunta porque es demasiado íntima, y lo obligaría a una introspección, o a una confesión. De lo que estoy convencido es de que tiene su esbeltez, de que la delicadeza de su complexión le viene de ella, como el abandono de sus gestos.

Dice: hay algo que no tengo de ella, la fe. Su madre es muy creyente, católica practicante, va a la iglesia los domingos y a veces entre semana, sobre todo desde que nació la más pequeña, le pide a Dios alguna explicación, por qué le ha enviado esa prueba y de dónde sacará el valor para resistir, para ser una buena madre pese a todo. Lleva una medalla de la Virgen en el cuello, tiene, por supuesto, un rosario cuyas cuentas pasa entre los dedos y, en el dormitorio conyugal, un crucifijo preside la cama. Incluso ha clavado con chinchetas un póster de Jesús, el hijo del Señor, en una de las paredes del comedor, al lado del aparador. Thomas dice que ha crecido con eso. Yo digo: ¿eso? ¿Te refieres a tanta beatería? Me prohíbe volver a usar esa palabra. Él no es creyente pero respeta la fe de su madre. Y finge creer, añade, para no hacerle daño. Es así. Ella necesita convencerse de que su hijo sigue el buen camino.

Durante mucho tiempo me pregunté si aquella presencia abrumadora de la religión, si la separación del Mal como principio divino machacado un día tras otro, si el mensaje bíblico sobre la diferenciación interiorizado por la progenitora, si la exaltación de las relaciones estables practicada en aquella familia sin mácula podrían haber ejercido una influencia sobre el hijo al que se le prohíbe la rebelión. Y creo que sí.

Thomas añade que fue a catecismo y que ha hecho la comunión solemne, la profesión de fe. Que es lo que tocaba.

Le sorprendo cuando le digo que ahí tenemos algo en común.

Tengo seis años. Los miércoles por la tarde, todos los compañeros de mi edad van a «cate». Y todos nos cuentan que «se divierten». Mi hermano y yo tenemos prohibido entrar en iglesias, por no hablar ya de seguir las enseñanzas de los curas. Mi transgresión es por lo tanto enorme el día en que, a escondidas de mi padre, me uno al grupo ya formado. En esta versión a lo Charente de las películas de Don Camilo y Peppone, el cura se sorprende al verme y casi se huele el engaño, pero le digo que tengo la autorización parental para estar allí. Ya soy capaz de mentir con un aplomo asombroso. Cuando acaba la clase, el cura me acompaña de vuelta a la escuela: mi padre andaba desesperado, buscándome por todas partes, se había asustado. Sin embargo, no es precisamente alivio lo que siente cuando me ve llegar de la mano del hombre de Dios, o, si lo es, dura muy poco, porque distingo perfectamente la cólera en su mirada. El cura, por su parte, no puede disimular su triunfo. Tomo la palabra y le explico a mi padre lo mucho que me ha gustado ese rato en la iglesia, en torno al sacerdote y que quiero continuar la experiencia. Mi padre, magnánimo, responde, para mi gran sorpresa: de acuerdo. Así pues, los siguientes cuatro años iré a catecismo todos los miércoles, a misa todos los domingos por la mañana, y el entusiasmo del principio se apagará deprisa para dejar lugar al tedio del suplicio impuesto. Mi padre, cuya magnanimidad no era en realidad sino una forma de perversidad, me obligará a ir hasta el final, a no saltarme ninguna cita. A los diez años, cuando llega por fin el momento de la comunión solemne, detesto a Dios, a la Iglesia y a los curas. Buena jugada.

Le digo a Thomas, en tono de broma: como ves, no somos tan distintos.

Este recuerdo me lleva de paso a la figura del padre. Me fijo en que Thomas habla poco del suyo. Antes ha mencionado su fortaleza, su aspecto, cierto, la dificultad con la bebé retrasada. Me lo imagino como el típico hombre callado y frugal. Y supongo que el hombre se vuelca por completo a su trabajo, mantener viva la granja, resistir. Pero no sé nada de su relación con su hijo. Thomas dice: es difícil saber qué piensa. Una forma elegante de dar a entender que el padre no tiene palabras afectuosas, tranquilizadoras, ningún gesto cariñoso, que mantiene las distancias, que lo que ofrece es una mezcla de reserva y orgullo. Sé lo que es, sé qué es ser hijo de un hombre así. Me pregunto si la frialdad de los padres varones genera la sensibilidad desmedida de los hijos.

Thomas y yo estamos tumbados sobre la cama, yo con la cabeza apoyada en su pecho. No sé cómo hemos llegado a esta postura. Supongo que nos ha ido llevando la conversación. No muy lejos hay un espejo de pie donde me suelo mirar por la mañana, ya vestido, para arreglarme el pelo, y en el que ahora puedo contemplar nuestro reflejo. En esta posición, entiendo de pronto que he cambiado.

Quizá he envejecido. Que ya no soy el chico acomplejado, asustadizo, al que se puede insultar, tampoco soy ya el chico atento a todo, pensante, ahora es otra cosa, algo que se deriva del uso del cuerpo, y del hecho de avivar el deseo, y del compartir con alguien, de la victoria sobre una forma de soledad. Por supuesto ya sé que no puedo dar prueba de nada *fuera de aquí*, está en el contrato, pero creo que el cambio se me va a notar, que, a poco que se fijen, percibirán la diferencia; no puede no verse.

Hace poco tuve que hacer limpieza entre cosas que aún guardaba en el secreter de mi habitación, obligado por la decisión de mi madre de «rehacer toda la estancia, quitarse de encima tanta reliquia inútil», y encontré dos fotografías. Una corresponde al penúltimo año del instituto y la otra es del verano tras acabar el bachillerato. La comparación es asombrosa: el chico que sale en las fotos no es el mismo. En la primera, es enclenque, con los hombros caídos, la mirada huidiza. En la segunda, sonríe, la piel radiante bajo el sol. Por supuesto que las circunstancias tienen algo que ver, pero estoy convencido de que lo que explica semejante metamorfosis es el amor secreto.

Thomas se mira la hora en el reloj de pulsera. Un Casio de numeración digital, me fijé en nuestra primera cita, a mí también me encantaría tener uno. Se incorpora de inmediato, lo que me obliga a abandonar la suavidad de su pecho. Dice que tiene que irse, que ya va tarde, que su padre lo espera, tienen que hacer algo en las viñas. Se viste corriendo. Le advierto que el autobús no pasa hasta dentro de media hora, que aún se puede quedar un poco. No va en autobús, tiene una Suzuki 125 que ha aparcado en la calle, algo más arriba. No recuerdo haberlo visto nunca con casco, dice que casi siempre circula sin, que en las carreteras rurales nunca se cruza con la poli. Le digo: ¿me llevarás algún día a dar una vuelta? Doy por hecho el encogimiento de hombros, la risita burlona, el recordatorio de la regla de discreción. Y, en vez de eso, me pregunta: ¿te gustaría? Pienso que sí, que claramente algo está cambiando.

Cumplirá su promesa. Varias semanas después, me llevará. Me recogerá a la salida de la población, esta vez con casco, no sabré si como medida de precaución, para respetar la ley o para que no nos reconozcan, montaré detrás, me agarraré a él y partiremos para ir a toda pastilla por las carreteras rurales, a través de los bosques, las viñas, los campos de avena, olerá a gasolina, hará ruido, a veces tendré miedo cuando las ruedas derrapen sobre la grava, en los caminos llenos de baches, pero lo importante será ir agarrado a él, estar *fuera* agarrado a él.

Volviendo a ahora, mientras tanto, se está yendo, baja a saltos la escalera, se va casi sin despedirse. Cuando se cierra la puerta, el silencio me pesa tanto que caería arrodillado. El rastro de su olor me salva, su olor corporal impregnado de cigarrillo y de sudor. Lo que perdura de él.

¿Después? Después hay otros encuentros clandestinos. La mayoría en mi habitación; el lado práctico ha acabado pesando más. Son encuentros más seguidos, que requieren inventiva, organización, prudencia, a veces nos sentimos como dos conspiradores. Aún no existen los móviles, tengo que llamar a su casa y, cuando tropiezo con una voz desconocida, alguna vez cuelgo y las más de las veces me presento, bajo otra identidad, después de todo Thomas está en su derecho a tener un compañero llamado Vincent, no se enteran de nada (Vincent, otro nombre que utilizaré más adelante en las novelas). O bien

dejo una nota en su taquilla —cada alumno tiene
una, asignada a principios de curso— indicando día
y hora, sin firma, sin signo distintivo; él me contesta
por la misma vía. También se da el caso de que en-
cadenemos citas y las fijemos al salir de mi habitación, pero es más raro, como si ese método tuviera
algo de vulgar, que redujera nuestra historia a mera
obsesión erótica.

Otras veces nos saltamos clases, fingimos que estamos enfermos, Thomas dice que eso va a levantar
sospechas, esos días se pone nervioso.

El amor haciéndose.

Yo retirándole el tirante de la camiseta imperio.
En aquella época no hay para mí gesto más sensual,
más enloquecedor.

Él acariciándome el vientre y las caderas, primero con el dorso de la mano, luego con la palma.

Tendiéndome el cigarrillo para que le dé una calada. La doy y toso. Lamentable.

Yo dando golpecitos con la lengua sobre cada
uno de los lunares de su cuerpo. Tiene treinta y dos,
los he contado.

Yo cambiándole la venda del corte profundo que
le ha hecho un sarmiento.

Observándolo cuando se adormece, la cara se le
recuesta hacia la izquierda y enseguida se despierta.

Me pone los auriculares de su *walkman* en las orejas, quiere que escuche a Bruce Springsteen.

Algo ebrio, baila delante de mí, escuchando el eco apagado de la canción. Creo que estoy soñando.

El resto del tiempo, nos besamos, nos chupamos, nos enculamos.

Un día propongo ir al cine. Ya he preparado mi argumentación: al club no va nunca nadie o casi nadie, y menos a la sesión de la tarde, y los pocos que van son bastante mayores, no hay riesgo de que nos reconozcan. Añado una propuesta: él entra antes y si, a los cinco minutos, cuando hayan empezado los anuncios, no ha vuelto a salir, significa que hay vía libre y que yo también puedo entrar. Ve que lo tengo todo pensado. Digo que qué remedio, con él. Me pregunta si es un reproche. Respondo que no, que no he olvidado lo que me explicó, desde el primer día, en el café de los borrachos.

Descubrí el cine cuatro años antes, cuando nos fuimos del pueblo, del piso encima de la escuela, de los tilos, para instalarnos aquí, en Barbezieux. Fue toda una revelación. Y eso que es un cine modesto, de pocos asientos, pocos medios, pocas sesiones, pero para el niño que viene de la aldea, el niño que tenía que acostarse imperativamente cada día a las ocho y media, imposible arañar ni siquiera un puñado de minutos adicionales, pese a las súplicas, los subterfugios, las comedias, y que nunca ha visto una película, es un mundo nuevo. De entrada, me encanta la oscuridad de la sala, las butacas blandas, profundas, basculantes, marrones (en aquella época, el marrón no era un color espantoso), la pantalla gigante (en mi recuerdo lo es; en realidad, algo menos), el olor intenso de las palomitas (y también a moho, como si hubiera una humedad persistente). Me gusta incluso el anuncio de Jean Mineur, el pequeño minero sonriente que lanza su pico contra una diana, sé que dará en el blanco, aparecerá un número de teléfono y podrá empezar la película. A los doce o trece años no voy a ver las películas de mi edad, los dibujos animados de Walt Disney, por ejemplo, que creo que ya no vi nunca, no corregí esa carencia original, ni las películas de acción o de ciencia ficción, ni siquiera *La Fiesta*, que los adolescentes se saben de memoria, no me interesa, es automático, no, yo prefiero las películas «de viejos», las de François Truffaut, André Téchiné, Claude Sautet, también las películas escandalosas, como *El hombre herido*, de Chéreau, o *La posesión*, de Zulawski. Cuando se lo cuento a Thomas, dice: no me extraña.

Sin embargo, añade: ¿de verdad has visto *El hombre herido*? Le contesto que es una de las cosas que más me ha impactado en la vida, y no solo por lo cinematográfico, claro. Por primera vez veo la homosexualidad representada en la pantalla, y encima de la forma más cruda, directa, desacomplejada. Le cuento a Thomas la suciedad y la urgencia de la estación, la promiscuidad macilenta de los urinarios, la mezcla de putas y vagabundos, la clara sensación de que apesta a mierda y a lefa. Le cuento el tráfico de sentimientos, la marginalidad, los cuerpos que se buscan, se estrechan, se separan con violencia. Noto cómo lo asquea. Dice que no es esto. No dice la frase entera. No dice: *la homosexualidad* no es esto. No es capaz de pronunciar la palabra; de hecho, no la pronunciará ni una sola vez. Dice: da una imagen repugnante. Recuerdo la expresión: «imagen repugnante», que utiliza en lugar de «visión desafortunada», por ejemplo. A Chéreau se lo han reprochado, sí. Le digo que se equivoca, que es antes que nada una historia de amor, de la pasión de un adolescente por un hombre, que no se puede hacer nada más puro que ese amor. Le hablo de la pureza del amor loco. Dice que nunca irá a ver esa película.

En aquellos momentos aún no sé que Hervé Guibert, el autor del guion, se convertirá en uno de mis escritores de referencia. Seis meses después descubriré *Las aventuras singulares*. Y estas frases que me torturarán: «Pensar que puedo amarte es tal vez un antojo, pero lo pienso. No espero nada de ti, solo mirarte, oírte hablar, verte sonreír, besarte. Este deseo no está localizado, solo es un deseo de acercamiento». Descubriré que los libros pueden hablar de mí, para mí. (Y, de paso, el increíble poderío de la escritura blanca, neutra, lo más cercana posible a la realidad). Seis años después, Guibert anunciará que está enfermo de sida, que se va a morir de eso. Me pregunto entonces si *El hombre herido* es una película premonitoria o si, por el contrario, muestra las últimas llamas del amor libre, sin ataduras, sin miedo, sin moral. Justo antes de la hecatombe.

Tampoco sé que acabaré conociendo a Patrice Chéreau, trabajando con él. Chéreau adaptará una de mis novelas. Una historia de fraternidad y agonía, de cuerpo torturado que se acerca a la muerte. Como un círculo que se cierra veinte años después.

En ese invierno de 1984 que toca a su fin, la película que me muero de ganas de ver es *La ley de la calle*, de Coppola, anunciada como la continuación de *Rebeldes*, estrenada unos meses antes. Me encantó aquel relato sobre la juventud, la ociosidad, la fuerza de los vínculos creados en la adolescencia, la emancipación, donde salen todos los que construirán el cine de los años ochenta: Tom Cruise, Patrick Swayze, Matt Dillon, Rob Lowe. Me encantaron aquellos chicos malos de pelo engominado, que no son sino los hermanos pequeños de los de *Rebelde sin causa*. Pero, sobre todo, me enamoré literalmente de C. Thomas Howell, que interpreta a Ponyboy. Recuerdo con una precisión desconcertante la sensación física del flechazo que sentí entonces. Tardaré semanas en librarme de esa conmoción, en admitir su total futilidad. Por otra parte, advierto, *a posteriori*, que Thomas se le parece (me pregunto si es mi inconsciente quien ha hablado, pero enseguida aparto el pensamiento). Cuando le digo que *La ley de la calle* está rodada en blanco y negro, dice: no podemos ir a ver eso, no somos nuestros padres.

En su lugar, compraremos entradas para *Scarface* o *El precio del poder* de Brian De Palma. Y eso que me consta que ha recibido críticas horrendas por su violencia gratuita, un lenguaje innecesariamente grosero, una estética sensacionalista. Pero quien tiene razón es Thomas, claro. La película es una obra maestra, supongo que, sobre todo, una feroz fábula sobre lo que corrompe el dinero. Mientras pasan los créditos, dice: genial, la escena de la motosierra, ¿verdad? Le miro y contesto, con ironía: ahí he estado a punto de abrazarme fuerte a ti. Me devuelve la sonrisa. La recibo como quien recibe un regalo. No son tantas las ocasiones en las que Thomas me sonrió. No era su estilo.

Thomas se acuerda además de una frase. Pregunto: ¿cuál? Contesta: «Tengo manos hechas para el oro y están en la mierda».

Poco tiempo después de este episodio, nos volveremos a encontrar, él y yo, en un mismo lugar, rodeados de gente. Pero esta vez sin querer. Y ese azar marcará toda la diferencia.

Me han invitado a una fiesta de cumpleaños. Dudo entre ir o no. No me gustan las celebraciones ni las reuniones (en esto no he cambiado mucho). Precisamente el fin de semana anterior provoqué una escena por culpa de mi desprecio por los encuentros anunciados como festivos.

Era una boda. La novia era una de mis primas. Primero hubo que ir a la iglesia a escuchar la perorata de un cura empapado de sudor, posar para la foto en los escalones, compartir sobre el papel cuché la felicidad hipócrita de esta familia interminable. Después fuimos a beber un infame vino peleón en una sala polivalente con poca calefacción. Los vasos eran de plástico blanco. Los cacahuetes se habían comprado al por mayor. Todo transmitía un ahorro cicatero, no la miseria sino la mediocridad, lo que es innegablemente mucho más imperdonable. Más tarde, la comitiva se puso en movimiento para ir hasta un merendero inverosímil en un pueblo perdido donde mi padre había dado clases hacía tiempo. Recuerdo las risas estridentes, las conversaciones a gritos, las frentes empapadas en sudor, las camisas de mis tíos manchadas de vino, los chistes verdes, el amontonamiento de carnes sonrojadas, de panzas satisfechas. Recuerdo ciertos juegos que ahora me dan vergüenza ajena, en los que una mujer, con los ojos vendados, tenía que reconocer a su marido palpando las pantorrillas que le ofrecían cinco hombres elegidos al azar, o empujar una manzana por el suelo con ayuda de un plátano que le habían colocado entre las piernas sujeto con una cuerda a modo de cinturón. Recuerdo la absoluta vulgaridad, la humanidad gutural y todo aquello me horroriza. En la mesa, a mi lado, uno de mis primos, catorce años recién cumplidos, explicaba a un compañero prepúber sus hazañas sexuales que supuse imaginarias y me daba codazos para conocer la naturaleza exacta de mis conquistas amorosas (a punto estuve de decirle: chupo vergas, ¿qué más quieres saber?). Más allá, unos cantantes aficionados vestidos como mecánicos de fiesta o representantes de comercio, y que se habían pasado un poco con la brillantina, bramaban canciones de amor antiguas o masacraban clásicos apenas reconocibles. Sobre las once de la noche, algunos cuarentones borrachos habían empezado a menearse al son de *La canción de los pajaritos* mientras unas viudas de edad indiscernible los contemplaban con sonrisa embobada. Yo solo quería una cosa: huir, y es exactamente lo que hice. Fui a buscar a mi padre y, con un tono que debió de impresionarle mucho porque se puso en movimiento al instante, sin rechistar ni intentar negociar, él, al que no le gustaban nada los escándalos, le rogué que me llevará a casa. En el camino de vuelta, me juré a mí mismo que nunca más volvería a encontrarme en una situación como aquella.

Una fiesta de cumpleaños entre jóvenes no es una boda, cierto, pero es fácil que acabe arrastrando a la vulgaridad o el aburrimiento, sin que la edad suponga necesariamente un gran cambio en ese sentido. Sé que escribiendo esto podría estar dando la impresión de haber sido un chico altivo y demasiado delicado (y probablemente lo era, en parte). Visto en perspectiva, creo que lo que me empujaba a la misantropía era tan solo la fobia al gentío, a sus movimientos, a su posible transformación en jauría.

Aquella noche, quienes están en la fiesta son sobre todo alumnos del instituto, reconozco las caras. Una chica popular y cordial, con la que he hablado varias veces porque es amiga de Nadine, celebra sus dieciocho años (la cifra con la que te vuelves «mayor de edad», es decir, digno de consideración, esencial, incluso capital, el hito a partir del cual eres oficialmente mayor, mientras que hasta entonces eras supuestamente insignificante, no ciudadano; siempre me han hecho gracia esas fronteras artificiales). Ha sido Nadine precisamente quien ha insistido en que la acompañe, siempre me está diciendo que no soy sociable, que la verdadera vida no está en los libros, que la insensatez, la despreocupación, la embriaguez no son malas palabras. Y acierta de pleno: debería haberla escuchado mucho antes, tal vez entonces no me habría perdido la juventud.

La escena es bastante nítida: una casa de reciente construcción al margen de la carretera que lleva a Cognac, un comedor muy amplio del que han retirado gran parte de los muebles, baldosas de color beis, adornos de fiestas colgando de las cristaleras y de las lámparas de techo, focos que pasean su luz estroboscópica, fuera de eso, un ambiente tamizado, luces encendidas en el jardín de detrás de la casa y que hacen aún más verde el verde del césped, chicos y chicas, más de treinta, cabezas más rubias de la cuenta aquí y allá, vaqueros que dejan ver calcetines cortos blancos y suéters para unos y chaquetas con hombreras y pantalones tubo para otros, colores fluorescentes mezclados con siluetas góticas. La banda sonora a juego: bailan con *Wake Me up Before You Go-Go* de los Wham o con *Footloose* de Kenny Loggins, cantan de memoria *Toute première fois* de Jeanne Mas, se besan con *Time After Time* de Cindy Lauper. E, instaurando una melancolía inesperada pero bienvenida, alguien pone *99 Luftballons* de Nena.

Y con las últimas notas de esta canción se me aparece Thomas. Sí, de repente está ahí, en medio de la sala, no lo he visto llegar, ahora ocupa todo el espacio, o se lo lleva, lo ajusta a su única dimensión; parece que hayan apagado la luz para todos los demás, o que los hayan lanzado a la oscuridad. (Creo recordar una prueba de cámara de James Dean para *Rebelde sin causa*, hay unos jóvenes reunidos en una habitación, son sanos, seductores, sus rostros alineados como en un cuadro del Greco y entonces Jimmy entra en la estancia, en el campo de la cámara, es menos alto que los demás, algo encorvado, gafotas, con sonrisa socarrona y, sin embargo, solo se lo ve a él, los demás han dejado de existir, probablemente estoy reescribiendo la escena, la idealizo, pero creo en eso, en que hay hombres que pueden eclipsar al resto de la humanidad con su mera presencia, que nos cortan la respiración).

La primera reacción es la sorpresa, y aún diría más: la estupefacción. No esperaba verlo. No sabía que estaba invitado (por otra parte, ¿por qué me lo iban a decir? ¿Y quién?). Cuando lo vi, la víspera, no mencionó este cumpleaños (aunque, después de todo, no me debe nada; nuestra relación se basa en eso, rechazar cualquier obligación). Yo tampoco le dije nada. Si lo hubiéramos sabido, está claro que al menos uno de los dos no habría venido. También debo confesar que no esperaba su presencia en una ocasión así. Es tan poco sociable, tan reacio a los guateques adolescentes, queda tan raro en este escenario. Es como una incongruencia. Como algo fuera de lugar.

Aún no me ha visto. Todavía está en la imagen no formada, ni siquiera contemplada, sigue en la virginidad, la desenvoltura. Saca un cigarrillo, mira alrededor, enseguida se le acerca uno de sus amigos, que yo ya había visto, que es de la misma clase, le da la mano casi sin fijarse, como se hace con los más íntimos, la gente a la que no le tienes que demostrar nada. Pienso de inmediato en el mundo del que estoy excluido, en las camaraderías que Thomas ha construido y donde no hay lugar para mí, también en su vida cotidiana, en la que yo no figuro. El amigo encarna todo esto, el apretón de manos simboliza todo esto. Yo soy el mundo invisible, subterráneo, extraordinario. Normalmente esta singularidad me hace feliz. Esta noche, me hace sufrir de la forma más absurda.

Porque, de todos modos, existe la intimidad fulminante entre nosotros, a veces la insuperable proximidad, pero el resto del tiempo la ignorancia, la separación más absoluta: nadie negará que semejante esquizofrenia puede acabar con la razón de los más equilibrados. Y yo no era el más equilibrado.

Resulta desquiciante no poder mostrarnos *juntos*. Aún más desquiciante en este caso por la situación —inédita— de hallarnos en medio de una reunión de gente y tener que comportarnos como desconocidos. Desquiciante no poder anunciar nuestra felicidad. Menuda palabra. Los demás sí que tienen este derecho, y lo ejercen, no se abstienen. Eso los hace aún más felices, los hincha de orgullo. Nosotros nos atrofiamos, comprimidos, en nuestra censura.

Resulta lacerante no estar autorizado a decir nada, tener que callarlo todo, y esta pregunta terrible, este abismo bajo los pies: si no lo hablamos, ¿cómo demostrar que existe? Algún día, cuando la historia haya acabado, porque se acabará, nadie podrá atestiguar que tuvo lugar. Uno de los protagonistas (él) podrá incluso negarla, si quiere, hasta indignarse de que se puedan inventar semejantes sandeces. El otro (yo) solo contará con su palabra, que no tendría mucho peso. Y esa palabra no será nunca dicha. No, yo nunca he hablado. Hasta ahora. En este libro. Por primera vez.

En eso estamos cuando, de repente, una chica se le lanza al cuello. Ha emergido de una sombra y va a restregarse con su luz. Le pone tanto entusiasmo, tanta energía, también tanta espontaneidad. Esa espontaneidad me duele, porque el gesto no es solo impulsivo, parece natural. Cierto es que Thomas parece un poco sorprendido, desconcertado, pero se deja hacer, acepta la familiaridad, el abrazo. Devuelve el beso. Podría ser que lo que veo tan solo es la declinación femenina de la camaradería que se ha expresado un rato antes, pero los celos que me invaden, que me desbordan, me hacen ver la escena de modo muy distinto.

Los celos no son para mí un sentimiento desconocido, pero sí muy alejado. No siento posesividad,

104

porque considero que no tenemos prerrogativas sobre los seres, ni siquiera estoy cómodo con el concepto de la propiedad. Respeto al máximo la libertad de cada cual (probablemente porque yo no soportaría que me coartaran la mía). Además, tengo capacidad, me parece, de discernimiento y hasta de desapego. En cualquier caso, la gente me atribuye estas virtudes, incluso a esa edad. Por lo general, no muestro signos de envidia, siempre me ha parecido denigrante la agresividad espantosa de las harpías. Lo que ocurre es que todos mis bonitos principios se desintegran en un segundo, el segundo en el que la chica salta al cuello de Thomas.

Porque esa escena me da prueba de una vida vivida fuera de mí. Y me manda al vacío, a la inexistencia, de la forma más cruel.

Porque me enseña lo que normalmente se me oculta.

Porque me cuenta el encanto del chico misterioso y la cantidad de veces que deben de intentar acercarse a él.

Porque ofrece una alternativa al chico desorientado, irresoluto.

En realidad, no soporto la idea de que me lo puedan arrebatar. De que pueda perderlo.

Descubro —tonto de mí— la dentellada del sentimiento amoroso.

(Y, cuando te han mordido una vez, da miedo volver a empezar; después, se teme el daño, se evita la mordedura para evitar el sufrimiento; durante años, ese principio me servirá de viático. Tantos años perdidos).

Justo después del abrazo, Thomas se gira en mi dirección (no hay que ver ahí ningún vínculo causa-efecto, ninguna manifestación del inconsciente, es pura casualidad, el movimiento es lento) y su mirada me capta por fin. Nunca he visto a nadie tan fulminado. Porque es exactamente eso: le ha caído un rayo encima. Al principio, al percatarse de mi presencia. Luego, supongo, por la imagen que transmite en ese momento, la del chico cortejado cuya mano ha acabado casi inconscientemente en la cadera de la chica. Difícil hacerlo peor. Tiene la blancura de los cadáveres, también su rigidez. La chica no se da cuenta de nada, sigue coqueteando, hablando, gritándole cosas al oído porque la música está muy alta y seguro que también para acortar distancias, él no la escucha pero ella no se entera. Solo el compañero de al lado parece intrigado por el cambio en la disposición de las facciones, en la postura corporal. Pero no deduce nada, *a priori*, ya que no mira hacia mí, no se ha dado cuenta de que yo soy el responsable de la metamorfosis.

¿Y yo? ¿A mí cómo se me ve? Seguro que no tan listo ni tan valiente. El malestar debe de desfigurarme, cubrirme el rostro con un manto de desprecio y tristeza combinados. Nadine, que vuelve con dos vasos de ponche en la mano, lo ve todo, me conoce demasiado. Años después me confesará que se dio cuenta aquella noche. De mi derrota. Del amor por el chico de los ojos oscuros. De mi amor general por los chicos. Tuvo la revelación. O más bien la confirmación. Como si ya lo *supiera* de antes de aquel instante, pero aquel conocimiento no le hubiera llegado a la conciencia y lo hiciera ahora, en la luz tamizada de una fiesta de cumpleaños, como un relámpago. En ese momento no dice nada. Me tiende el vaso de plástico. Se lo cojo tras hacerla esperar.

Bebo mucho, exageradamente. Un ponche tras otro. Voy a servirme una y otra vez de la gran ensaladera en la que nadan trozos de fruta sanguinolentos.

Hablo con desconocidos, haciéndoles montones de preguntas, fingiendo que me interesan, y puede que yo me interese de verdad por ellos, es una forma como cualquier otra de no pensar en T. Al día siguiente, habrá quien incluso diga que soy un tipo amable, que «mi reputación no me hace justicia».

También bailo. Y eso que no sé bailar. Me avergüenza mi cuerpo. La debilidad de mi cuerpo. Pero y qué más da, se baila muy bien sobre el polvorín. Y en esos momentos no es el sentido del ridículo lo que me mata.

Salgo al jardín, piso el césped, hay unos tipos fumando un cigarro en un rincón, les pido que me den una calada, se ríen de mi borrachera, pero me la dan, me ahogo a la primera. No es lo mío, está claro.

Pregunto dónde está el lavabo y entro atropelladamente, vomito, me quedo mucho rato con la cabeza inclinada sobre el vómito. Golpean la puerta.

Regreso a la pista, vuelvo a bailar, me olvido del cuerpo, me olvido de la vergüenza.

T. y yo nos evitamos.

Pienso: en el fondo ¿dónde está la novedad?, ¿acaso no pasamos ya la mayor parte del tiempo evitándonos?, ¿echándonos de menos? (y *echándonos* simplemente, me sonrío al pensarlo... con una sonrisa triste, claro; incluso trágica).

A una hora avanzada de la noche, me invaden las ganas de besarlo, de abrirme camino entre la gente e ir a besarlo. El exceso de alcohol ha suprimido todas mis inhibiciones.

Todas menos esta.

Incluso en el desenfreno, la disolución del yo, le soy obediente. Y me detiene el tamaño del riesgo que corría. Un riesgo mortal.

Decido irme de la fiesta.

Recuerdo que caminé mucho rato, después, en el frío, por el arcén de la carretera comarcal, para volver a mi casa; que vi el resplandor mortecino de las farolas que señalan la entrada de la población; que me torcí el pie en una grieta del asfalto estropeado; que oí quejarse a un perro; que desperté a mis padres cuando subía la escalera (se encendió la luz de su habitación, debieron de mirar la hora, intercambiaron algunas palabras en voz baja); que me desplomé en la cama sin siquiera desnudarme; que tuve tiempo durante todo el camino de pensar que las historias de sexo son preferibles a las historias de amor, pero que a veces no se puede elegir.

Cuando vuelvo a ver a T., dos días después, me he prometido no hablar de aquella noche, aquel naufragio. Él tampoco dice ni una palabra sobre el tema. El amor se hace. Hasta me parece que se cuela un poco más de ternura de lo habitual. Sin embargo, cuando los cuerpos yacen uno junto al otro y las miradas se pegan al techo, salen las palabras, las que se suponía que no tenían que salir. Y provocan nuestra primera crisis. Mis celos estallan. Mi infancia. La explicación es torpe, tempestuosa.

T. me deja hablar. Al final dice: es lo que hay, no hay nada que hablar (creo que hasta dice: negociar). «Si prefieres, lo dejamos». Si no lo puedes aguantar. Allí mismo, tal cual, de inmediato.

Contesto: no, no lo dejamos.

El pánico a perderlo ha podido sobre cualquier otra consideración. La dependencia.

Los encuentros clandestinos se reemprenden con normalidad. Los besos sobre el cuerpo. El amor en el picadero. Eso, que solo es nuestro. Eso, que no se puede contar.

Una vez, una sola vez, se produce un imponderable. Mi madre vuelve a casa de improviso. No se encuentra bien, ha pedido salir antes de la oficina y su jefe le ha dejado, introduce la llave en la puerta de la calle, desde el segundo piso no podemos oírla, entra en la casa, deja sus cosas, el bolso, cree que está sola, en principio no tienen que estar ni su hijo ni su marido, es ella la que al final nos oye a nosotros, le llegan los ecos de nuestra conversación en el dormitorio, pronuncia mi nombre algo inquieta para cerciorarse, pero no obtiene respuesta, nuestros cuerpos ya se han encontrado y ahora estamos sumergidos en el aturdimiento que sigue a veces al encuentro, hablando por hablar, sin hilo conductor, como no contesto; empieza a subir la escalera, ahora más preocupada, los escalones rechinan bajo sus pies y eso sí que lo oímos y nos invade el pánico, que nos paraliza, ¿qué hacemos?, ¿saltar de la cama con el ruido que supondrá y correr el riesgo de que acelere sus pasos, de reafirmar la convicción de una situación *anómala*?, ¿o no movernos y correr el de ser descubiertos así, tumbados desnudos?, mi madre me vuelve a llamar, noto que se acerca, que está a punto de llegar, al otro lado de la puerta, a un metro de ver cómo su mundo se va abajo, que va a empujar la puerta, ahora ya es inevitable (pero ¿por qué no tiene miedo?, ¿por qué no sale corriendo?), le digo: sí, estoy aquí trabajando, ella dice: pero no estás solo, te he oído hablar, yo digo: estoy con un compañero, nos hemos saltado una clase para venir a preparar una presentación, ella dice: ah, pues no os molesto, no se atreve a empujar la puerta, no se atreve, al final nos ha salvado mi habilidad para inventar mentiras plausibles, dice: pero si queréis merendar os preparo algo (aún prepara «meriendas» a su hijo de diecisiete años), yo digo: no hace falta, gracias, tranquila, añado: ¿tú estás bien? ¿por qué has vuelto tan pronto? (y Thomas me riñe con un grito ahogado: ¿pero por qué insistes? ¡ya se iba!, digo: eso confirma que no tengo nada de lo que arrepentirme, así evitamos fallos, las mentiras hay que engordarlas), mi madre me explica los escalofríos, la migraña, siempre desde el otro lado de la puerta, dice: debo de estar incubando algo, y vuelve al piso de abajo. Después, cuando aparecemos en la cocina, Thomas y yo, como estudiantes bien peinados, lavados de nuestros pecados, sin sospecha posible, nos mira sin malicia, desde la candidez. Thomas se le acerca y le tiende respetuosamente la mano. Por la noche mi madre dirá: qué educado es tu compañero.

Por lo demás, ¿durante aquel invierno y luego aquella primavera? Jean-Marie Le Pen aparece por primera vez en el programa estrella *L'heure de vérité*. Hace su entrada en el estudio de Antenne 2 junto al periodista presentador François-Henri de Virieu con la música de *Live and Let Die* de Paul McCartney de fondo y con aires de quien ya ha ganado. En Sarajevo, Yugoslavia, se celebran los Juegos Olímpicos. Sí, aún existe Yugoslavia. Son seis repúblicas, cinco naciones, cuatro lenguas, tres religiones, dos alfabetos y un solo partido, como le gustaba repetir a Tito, quien reposa en un mausoleo de Belgrado al que llaman La Casa de las Flores. Todavía no es un país desmembrado pero ya es el comunismo agonizante. Perrine Pelen se lleva dos medallas en esquí. Recuerdo su pinta de niño, su pelo corto. David, el niño burbuja, muere a la edad de doce años. Había nacido con inmunodeficiencia combinada grave, condenado a fallecer durante su primer año de vida. Sus padres decidieron encerrarlo en una burbuja estéril. Será una especie de cobaya bajo la mirada de las cámaras. Un trasplante fallido pondrá término a su trágica existencia. Los mineros empiezan su huelga en Gran Bretaña. Aún no se sabe que durará un año, causará muchas víctimas, inspirará a The Clash, los huelguistas volverán al trabajo sin haber conseguido nada y Margaret Thatcher se habrá cobrado la piel del movimiento obrero. En Francia, cientos de miles de personas desfilan para defender la escuela privada, que llaman «escuela libre». La apropiación, la usurpación del adjetivo me enfurece. Mi conciencia política despierta. Indira Gandhi ordena el asalto al Templo Dorado de Amritsar y envía tanques contra ese santuario de los sijs, unas semanas después será asesinada por un sij. Y también está el sida, claro. El sida que nos robará la despreocupación.

He escrito la palabra: amor. He estado a punto de emplear otra.

Porque, cuando menos, lo del amor es un concepto curioso; difícil de definir, de limitar, de establecer. Hay tantos grados, tantas variaciones.

Podría haberme contentado con decir que estaba conmovido (y es cierto que a T. se le daba de maravilla hacerme ceder, flaquear), o hechizado (era el mejor en cuestión de atraer hacia él, conquistar, arrullar e incluso embrujar), o perturbado (a menudo provocaba una mezcla de perplejidad y de conmoción, le daba la vuelta a las situaciones), o seducido (me hacía caer en su red, me embaucaba, me ganaba para sus causas), o prendado (yo estaba tontamente alborozado, podía entusiasmarme por el detalle más nimio), o incluso cegado (apartaba lo que me incomodaba, minimizaba sus defectos, encumbraba sus cualidades), trastornado (yo ya no era yo), lo que tendría un sentido menos favorable. Habría podido explicar que se trataba solo de afecto, que me contentaba con «estar encaprichado», una fórmula lo bastante difuminada como para abarcar cualquier cosa. Pero eso sería hablar por hablar. La verdad, la verdad desnuda, es que yo estaba enamorado. Mejor utilizar las palabras precisas.

El caso es que me he preguntado si todo esto podría ser una invención. Como ya ha quedado claro, me pasaba la vida inventando y le ponía tanta verosimilitud que siempre me creían (hasta a mí me costaba diferenciar lo verdadero de lo falso). Más adelante, lo convertí en oficio, me hice novelista. ¿Es posible que hubiera inventado esta historia de arriba abajo? ¿Podría haber transformado una obsesión erótica en pasión? Sí, es posible.

En junio nos presentamos al examen preuniversitario. En julio, una lista colgada sobre una pizarra nos dice que lo hemos aprobado. Como es lógico, me siento feliz. T. prefiere ser aguafiestas y me suelta: ¿no me digas que has pensado ni por un momento que no ibas a aprobar? O que temblabas mientras buscabas tu nombre en la lista. Creo que hasta sabías que te iban a dar la mención honorífica. Le digo que eso no quita celebrarlo, poder saborear el momento y la llegada del suave verano.

No he sabido ver que ese examen era *el final de la historia*.

O mejor, he expulsado por completo esa idea de mi mente, me he instalado en la negación. He ocultado la frase sublime y terrible, pronunciada desde el primer día: «porque tú te irás y nosotros nos quedaremos».

(*A posteriori*, mi actitud me dejará atónito. Yo, con lo racional y pragmático que era, ¿cómo conseguí ignorar la evidencia, el final certero? Imagino que no quería sentirme desbordado por la tristeza anticipada. Por otro lado, reaccionaré igual con las muertes programadas, los vencimientos previsibles, me comportaré como si la vida fuera a seguir, la víspera de su desaparición, hablaré con mis amigos imaginando futuros, incluso cuando estarán demacrados, impotentes, intubados en lechos de dolor, y cuando me anunciarán su fallecimiento, será una estupefacción, una revelación).

T., por su parte, no ha olvidado nada, no ha escamoteado nada. Por eso tiene esa expresión tan ceñuda.

Tampoco sé qué se esconde *en concreto* tras esa expresión. Si tuviera que buscar una respuesta, diría: melancolía, tristeza, tal vez el comienzo de una nostalgia, que no tardará en corregir; o nada de nada, dado que siempre se ha esforzado tanto por no comprometerse. En cualquier caso, no diría: desesperación.

Para mí, cuando por fin me quiera dar cuenta de la dimensión de la ruptura, será un desconsuelo, un sufrimiento muy puro. Siempre había pensado que yo sería el que sufriría más. Incluso creí que sería el único en sufrir.

Cuánta falta de discernimiento.

Justo después de los resultados del examen preuniversitario, le digo: ven, que te quiero enseñar la cámara de fotos que me han regalado mis padres. Dice con sorna: no parece que estuvieran muy preocupados si ya te han hecho el regalo antes de saber... Me encojo de hombros. Añade: ¿esa es la única excusa que has encontrado para que vayamos a tu casa, para enrollarnos, para celebrar eso? Suelto una carcajada, sin saber que será la última con él. La casa está vacía, la habitación acoge nuestro encuentro. Y, después, sin pensarlo, y sin mucha esperanza, lanzo una propuesta: ¿y si vamos a dar una vuelta con tu moto, por el campo?, aprovecharía para estrenar mi Canon. Para mi gran sorpresa, acepta sin rechistar. Salimos enseguida. El aire es caliente, la luz casi cegadora. Al final nos detenemos en un rincón que me gusta mucho, apartado de todo. Y empiezo a tomar mis primeras fotos. Thomas se queda un poco atrás, imagino que le divierte mi excitación infantil, va a sentarse sobre un muro bajo de piedras claras, arranca una brizna de hierba para entretener las manos, me doy la vuelta y lo descubro en esta posición, lo encuentro más guapo que nunca. Tras él, un cielo amarillo, un roble. Me gustaría inmortalizar este instante, el instante de su belleza a inicios de julio, pero presiento que me dirá que no si se lo pido. Y me niego a fotografiarlo sin que lo sepa. Me acerco despacio, ya resignado. Sin embargo, casi a mi pesar, posiblemente porque las ganas son demasiado fuertes, formulo mi petición. Él duda, le veo la duda en la mirada, y al final acepta. Su respuesta me deja atónito pero no dejo que se note y me apresuro a ajustar el objetivo antes de que se lo piense. Le hago la foto. En esta fotografía, lleva vaqueros, una camisa a cuadros arremangada, ha conservado la hierba entre los dedos. Y sonríe. Una sonrisa ligera, cómplice, creo que tierna. Que me trastornó mucho tiempo después, cuando tuve ocasión de ver la foto. Que me sigue trastornando mientras escribo estas líneas y la contemplo, colocada sobre el escritorio, junto al teclado del ordenador. Ahora ya sé. Ya sé que Thomas permitió esta única foto porque había entendido (decidido) que era nuestro último momento juntos. Sonríe para que me lleve su sonrisa conmigo.

Y después, la partida (la mía) con destino a la isla de Ré. Como todos los veranos desde pequeño. Esta isla llegó muy pronto a mi vida. ¿Que por qué? Mi padre tenía allí a su mejor amigo, a quien conoció a los veinte años durante su servicio militar, «la mili». Cuando busco en mi memoria, el recuerdo más antiguo que desentierro siempre es de esa isla: tengo tres años, llevo pantalones cortos, camiseta marinera, gorrito de ciclista y estoy en la proa de un barco, sentado sobre el regazo de mi madre. El sol me hace estrechar los ojos. El barco es el transbordador que une el continente y la isla, entre La Pallice y Sablanceaux. La travesía dura veinte minutos. Nunca he olvidado el embeleso de ese momento, lo sigo sintiendo cuando pongo por escrito el recuerdo. Explica la obsesión por el mar que se ve en todas mis novelas.

Así pues, paso todos los veranos en la isla. La cola que se hace durante horas en el embarcadero, la espera bajo un calor insoportable, el escay del asiento del coche que se me pega a los muslos desnudos. Una vez a bordo, sin embargo, todo se olvida, la espera y el sudor, en cuanto bajamos del coche comienza el embelesamiento, aspirar el aire en el que se mezclan los efluvios de carburante y de sal marina, contemplar el centelleo de la superficie del agua. Al llegar a la otra orilla, emprendemos camino hacia Sainte-Marie.

Por aquel entonces, la isla es popular: hay *campings,* vacaciones pagadas, mesas plegables en los arcenes de las carreteras, gorros playeros Ricard. No es el anexo de Saint-Germain-des-Prés en que se convirtió después. La piedra de los muros bajos es oscura; las persianas, verde botella.

Por la tarde vamos a bañarnos a la parte de Saint-Sauveur, vamos a pie, la carretera está salpicada de pinos piñoneros. Adoro esta playa que huele a algas, adoro el agua del mar tibia y turbia. Cierto que un día estuve a punto de ahogarme (quién sabe si mi manía de hacer que se ahoguen muchos de los personajes de mis novelas no viene de ahí. Y eso que la experiencia no me dejó ninguna secuela).

Hoy, cuando me cruzo con niños en esta playa, cuando los veo correr por las dunas, o tumbarse sobre la piedra caliente del muro que sirve de dique, los contemplo sonriendo. Me acuerdo de que fui como ellos, en la despreocupación, el desenfado, el sol. No te desprendes nunca del todo de tu infancia. Sobre todo cuando fue feliz.

(Luego lamentaré más de una vez que mi infancia, mi adolescencia, fueran tan indolentes, tan protegidas, tan del montón, de tanto que se nos exige a menudo que expongamos algún trauma de la más tierna edad —como quien enseña los papeles a la policía— para justificar por qué escribimos. Pero ni violación, ni incesto, ni familia tarada, ni padre desconocido, ni padre conocido, ni fuga, ni descarrío, ni enfermedad grave, ni pobreza, ni gran burguesía, nada para hacer un libro que llame la atención, nada que *haga vender*).

En resumen. El verano de 1984 no debería ser distinto al resto. Ahí sigue estando la gran bahía de Rivedoux, los pequeños acantilados de La Flotte, las margas de Bois-Plage, las marismas de Ars, la punta rocosa de Saint-Clément. Ahí siguen las callejuelas de malvarrosas, la pinaza que cruje bajo los pies en el bosque de Trousse-Chemise, el cobijo de las encinas.

Ahí siguen las fortificaciones de Vauban para protegerme de invasiones imaginarias, la abadía a cielo abierto que me daba tanto miedo por la noche y el faro de Baleines que me da vértigo. Ahí siguen los chicos de mi edad que reencuentro cada año, antes íbamos a los caballitos, ahora vamos al bar. Todo está en su sitio, todo me tranquiliza.

Pero echo de menos a T. Lo echo de menos atrozmente. Y eso lo cambia todo. ¿Acaso no es cierto que hasta los paisajes más bellos pierden su brillo en cuanto nuestros pensamientos nos impiden mirarlos como deberíamos?

No le mando ninguna carta ni muchísimo menos ninguna postal, me lo ha prohibido. Llamo por teléfono muy poco, me lo ha aconsejado insistentemente. De todas formas, por la mañana trabaja en los campos, no está localizable. Por la tarde, no sé qué hace, no quiero saberlo. Después se irá a España, según su tradición. Entonces sí que será inaccesible del todo.

A principios de agosto, me acuesto con un chico, que ha instalado su tienda en el *camping* Les Grenettes. Hacemos el amor allí, bajo la lona, en la promiscuidad, sobre un saco de dormir que apesta a sudor.

Me he sentido atraído hacia él por su cabello rubio, descolorido por la sal, el sol, por su piel dorada, sus ojos verdes, y porque era fácil. No busco una distracción, ni una forma de calmar mi dolor, no busco tampoco una alternativa, no, de verdad, cedo a la facilidad, nada más.

Me siento desconcertado por ese otro cuerpo, tan distinto al de T. No tengo mis puntos de referencia, es desagradable. También es agradable.

Cuando vuelvo a Barbezieux hacia el 15 de agosto, llamo a T. Me responde al teléfono su hermana, Nathalie, la que estudia secretariado. Es ella la que me dice con voz monótona: se ha quedado en España, allí tenemos familia, no sé si lo sabe (me habla de usted, no sabe quién soy, habla tranquila, la imagino ocupada en otra cosa: pintarse las uñas o repeinarse), le han propuesto un trabajo, ha aceptado, no quería continuar sus estudios, así que aquí o allá, qué más da.

Cuando la hermana termina de pronunciar esas palabras oigo un ruido en la cabeza. Es el ruido de la sirena del barco que suelta amarras, que se aleja de tierra firme. Sí, lo juro, oigo ese ruido. Un clamor desgarrador. No sé por qué.

Algún día escribiré sobre los barcos que se van y sobre sus despedidas durante la partida, escribiré la historia de una mujer en el muelle del puerto de Livorno que ve zarpar los barcos. Rememoraré precisamente el ruido mate de la sirena, en mi oído, acabándose el verano de 1984. Un zumbido que se va muriendo lentamente.

Después, es otra cosa. Ya no es un ruido, es una sensación física, un choque, como una colisión. Soy el accidentado que los paramédicos extraen del amasijo de chapa, colocan sobre una camilla corriendo, arrojan dentro de una ambulancia, depositan en las urgencias de un hospital, confían a los buenos cuidados de un médico de guardia, el herido grave que operan de urgencia porque está perdiendo mucha sangre, porque tiene miembros rotos, lesiones, luego el superviviente, reparado, lleno de cicatrices, enyesado, que se despierta lentamente de la anestesia, aún bajo los efectos del cloroformo, pero ya a merced de los dolores que se despiertan, el recuerdo del trauma, finalmente, el convaleciente desorientado, sin puntos de referencia, sin energía, sin voluntad, que se pregunta a veces si no habría valido más la pena dejarse la vida en el colapso, pero que se cura, porque suele pasar que nos curamos.

Sí, esta analogía trillada es la más adecuada ahora.

Terminadas las vacaciones en septiembre, me voy de Barbezieux. Entro internado en el instituto Michel-de-Montaigne, de Burdeos. Para seguir un preparatorio económico y comercial para una *grande école*. Comienzo una nueva vida. La que han elegido para mí. Cumplo las expectativas que han depositado en mí, me pliego a la ambición que han albergado para mí, sigo el camino que me han trazado. He vuelto al redil. Borro a Thomas Andrieu.

CAPÍTULO II
2007

Seguimos en Burdeos. Han pasado más de veinte años. La ciudad se ha transformado. A mis dieciocho años era oscura, parecía que sus paredes estaban cubiertas de hollín. Ahora es clara, se han restaurado las fachadas, domina el ocre. Era una ciudad cerrada, decadente. Se ha abierto, la juventud se ha hecho con ella, llegada la noche incluso tiene un aire español, por la gente en las plazas o en las terrazas de los bares, por el tintineo de los vasos, las conversaciones que lleva el aire, el buen humor. Su burguesía estaba avejentada y ahora es bohemia. Pero, sobre todo, la ciudad ha recuperado su río desde que rehabilitaron y acondicionaron los muelles. Antes había allí un matadero abandonado, malas hierbas, alambradas, barro, todo inimaginable ahora. Nada que ver con la elegancia de la ribera actual, con su césped, los plátanos, el espejo de agua y el tranvía justo delante.

Yo he acabado siendo escritor. Estoy en Burdeos para asistir a una presentación y firma de mi última novela en una librería. Los libros son ahora mi vida. Como por la noche ya no hay trenes para volver a París, me han reservado una habitación de hotel, por la zona de Allées de Tourny. A la mañana siguiente todavía me queda una cita con una periodista y después ya podré aprovechar un poco la visita, tal vez iré a pasear precisamente por la orilla del Garona, antes de volver a irme del todo, de regresar a casa.

Ocurre esa misma mañana. La entrevista ya está a punto de acabarse cuando percibo la silueta, el joven de espaldas, con su maleta, que sale del hotel. Cuando veo *la imagen que no puede existir* y grito su nombre. Me levanto de forma atropellada para alcanzar al chico en la acera, le pongo una mano en el hombro, se da la vuelta.

Y es *casi* él.

Desde luego, el parecido es asombroso, pero diría incluso más. Lo es tanto que un temblor me recorre la columna, me hace tambalearme y provoca un leve desequilibrio, durante unos segundos también me acelera la respiración (esta situación tiene repercusiones físicas, consecuencias en el cuerpo, como las situaciones de peligro inminente que generan un miedo terrible y provocan una desarticulación, una contracción).

Las facciones son idénticas, la mirada es la misma, es alucinante. Alucinante.

Sin embargo, hay una diferencia ínfima en algo, probablemente en la actitud general, o en la sonrisa.

Y esa diferencia ínfima es la que me reconduce a la razón, a lo aceptable.

Cuando ya he vuelto en mí, no le digo a ese chico: perdón, me he equivocado, creía haber reconocido a alguien. Tampoco digo: si supiera lo mucho que se parece a una persona que conocí bastante hace tiempo. Le digo: eres *el puro retrato de tu padre*. Él responde de inmediato: me lo dice todo el mundo.

Y entonces nos quedamos sin decir nada más. Sigo contemplándolo, como contemplaría un cuadro. Es decir, examino los detalles, me detengo frente a él, me comporto como si no estuviera vivo, como si él no me estuviera devolviendo la mirada. Un cuadro, ni más ni menos.

Se me calma el cuerpo.

El chico debería sentirse incómodo con este escrutinio. Intentar frenarlo. O debería incluso encontrarlo fuera de lugar, grosero. Pero no, le hace gracia, sonríe. Y estaba en lo cierto: la sonrisa no es exactamente igual.

Le pregunto si va con prisa o si, por el contrario, tiene tiempo para un café. O mejor, me oigo formular el requerimiento, que se me escapa, que surge sin reflexión previa, sin el filtro del intelecto, que da fe de la necesidad imperiosa de retener al hijo prodigio, de, sobre todo, no dejar que se vaya, para hacerle más preguntas, claramente, para rellenar los vacíos, colmar una oquedad de veintitrés años. No puedo pararme a frenar esta necesidad retorcida ni mucho menos a descifrarla o a dejarme asustar por ella, porque, a mi pesar, ya se ha manifestado; ahora habrá que seguir.

Dice que su tren sale dentro de una hora, que se puede quedar «un poco». En ese instante, y es paradójico, me sorprende que acepte tan fácilmente la invitación de un extraño: yo no lo habría hecho, me habría escapado del interrogatorio, habría seguido mi camino, reconquistado mi soledad.

Es evidente que se ha dado cuenta. Sabe a qué se debe mi interés por él. Pero eso no debería bastarle para quedarse. Él mismo lo ha dicho: le señalan muy a menudo ese parecido, podría estar harto. No expresa hartazgo. Persevera en su sonrisa. Y hasta aporta la explicación de su aceptación a mi invitación. Dice: *debió de quererlo mucho, para mirarme así.*

Vamos a sentarnos donde estaba yo antes con la periodista. A ella la despido, con brusquedad. Me quedo a solas con el chico. Digo: ni siquiera sé cómo te llamas. Dice: Lucas (y ese nombre me desconcierta, porque lo he utilizado mucho en mis libros, como si al final no fuera cosa del azar). Yo también le revelo el mío. Él sigue la conversación: entiendo que es usted un amigo de juventud de mi padre, ¿verdad? Oigo la expresión, me parece bonita, falsa pero bonita. Digo: sí, eso... un amigo de juventud...

La frase se queda a medias. Porque ha vuelto la impresión, debido a la voz que me recuerda a otra, debido también a los gestos, que presentan fascinantes similitudes. No sé cuánto hay de genética y cuánto de imitación.

Le pregunto si Thomas está bien. No digo Thomas, claro. Digo: tu padre. La pregunta parece una de circunstancias, de educación, de paso obligado, de comienzo natural. Y, sin embargo, es algo muy distinto: tal vez existencial. Por suerte, mi interlocutor no puede saberlo, él solo oye la educación. En su rostro reaparece una sonrisa, en la que se mezclan la malicia y la perplejidad. Dice: con él es difícil saber si está bien, siempre es tan reservado... ¿Ya era así, en su época? Oigo ese «en su época», enunciado sin maldad, pero que despacha mi juventud a tiempos remotos, como si fuera una curiosidad, un objeto de estudio, una rareza. Respondo que, en efecto, nunca fue muy comunicativo, que su carácter lo llevaba más bien al mutismo, o como mínimo al retraimiento. A Lucas se lo ve muy distinto: parece alegre, entregado a los demás, no insociable. No ha heredado la insociabilidad.

Le pregunto si sigue viviendo en el mismo lugar, sorprendido por mi propia indiscreción. El hijo confirma: ¡por supuesto! ¿Se lo imagina viviendo en otra parte? Mi padre es de esos tipos que nunca se van. Mueren donde nacieron. En un reflejo de defensa, digo: ¿y tú no? Confirma: yo tengo ganas de ir a ver otros lugares. Es lo normal a mi edad, ¿no? Asiento, sin insistir. Y enseguida le hago notar que su padre también se fue lejos, un día, porque encontró un trabajo en España, hace mucho tiempo. Añado: fue entonces cuando nos perdimos el rastro el uno al otro. Pronuncio estas últimas palabras sin añadir el menor afecto, como si la vida fuera eso, simplemente eso, verse mucho y luego perderse el rastro y seguir viviendo, como si no hubiera sufrimientos, separaciones que nos dejan exangües, rupturas de las que

132

apenas nos reponemos, remordimientos que nos per-seguirán mucho tiempo después.

El hijo matiza: ¡pero es que solo se fue a Galicia! Que está aquí al lado. Y además son nuestra familia. Se me ocurren exilios más impresionantes que ese.

Percibo el ansia y la desenvoltura de los que han crecido en un mundo encogido, para quienes el viaje no es una expedición, sino una aventura ordinaria, para quienes la vida sedentaria es una muerte camuflada. Veo al hijo del mundo. Imagino que el destino habría podido ser muy distinto si su padre hubiera sentido las mismas inclinaciones. Si no hubiera vivido *en otra época*. Y si hubiera sabido liberarse de sus cadenas.

El hijo añade: bueno, también es cierto que, sin su paréntesis español (paréntesis: ¿podría haber usado una palabra más exacta?), yo nunca habría venido al mundo. Mi rostro expresa incomprensión. La disipa enseguida: allí conoció a mi madre.

Y luego desarrolla.

Thomas está empleado en una finca grande de Galicia con sus tíos y primos. Dicen que trabaja duro, que lo pone todo de su parte, que nunca protesta de las tareas asignadas, aunque haga un sol espantoso, aunque caiga un diluvio, empieza temprano cada mañana, es uno de los últimos en acabar, los demás hombres se sienten orgullosos de él. Su tía dice que se mata demasiado a trabajar. ¿Se habrá dado cuenta de que no es tan normal en un chico de dieciocho años, que habría podido continuar sus estudios superiores, volcarse hasta ese punto en faenas que solo requieren sus brazos y su fuerza? ¿Se habrá dado cuenta de que tanta abnegación es probablemente una forma de olvidarse, de diluirse, una forma de ponerse a prueba, de hacerse daño? Esto lo digo yo, Lucas se limita a evocar a un chico trabajando la tierra en condiciones inhumanas. La imagen heroica se impone ante mis ojos.

Una noche, en una fiesta de pueblo, entre las oriflamas, al son de un acordeón borracho, Thomas se fija en una chica. Tiene diecisiete años, se llama Luisa, la piel morena, camina hacia ella. En ese punto pienso que la historia ha sido reescrita, la escena no puede ser tan cinematográfica, probablemente el contarla una y otra vez a lo largo de los años le han dado forma de leyenda sobre el origen de la familia. Supongo que no ha habido flechazo, sino simplemente vino, una noche cálida, mariposas que revolotean, la idea de que nada importa mucho y de que todo es posible, que por qué no el amor a primera vista. Pero lo que sé seguro es que Thomas no puede haberse acercado de forma natural a la chica, que lo ha tenido que frenar su pudor y *lo que él es*; seguro que ha sido ella la que ha vencido sus inhibiciones y ha sabido desembarazarse de miedos y vergüenzas. Sé todo lo que hay que quitarse de uno mismo para parecerse a todo el mundo. Eso es lo que ocurre en la noche gallega, la noche de las oriflamas.

Podría ser una aventura sin futuro. Tendría que haberlo sido.

Pienso en todos esos chicos con los que me he cruzado en el camino, por unas horas, en el alcohol, en la droga, y que nunca he vuelto a ver, esos cuerpos abrazados al filo de noches salvajes y perdidos de madrugada, esas miradas que atraparon la mía y que olvidé en cuanto pasó el placer. Yo mismo no fui más que un tipo de paso para ellos, un amante fugaz, un nombre incierto; ¿cuántos se acuerdan realmente de mí?

Pienso que la juventud suele transcurrir sin ataduras, sin deberes.

Sin embargo, estos dos jóvenes vuelven a verse. Se acercan.

Estoy convencido de que Thomas se siente obligado. Me dirán que me niego a verle cambiar de trayectoria, de orientación, o simplemente sucumbir a un sentimiento hasta entonces desconocido, por mi cerrazón, o mis celos o mi despecho, pero yo insisto, no es por resentimiento, es que estoy seguro de que le pone la misma dedicación obstinada que a su trabajo. El mismo interés por sacrificarse, por volver al buen camino, el recomendado por su madre, el único posible. ¿Acabará creyéndolo él mismo? Esa es la cuestión. Una cuestión fundamental. Si la respuesta es afirmativa, tal vez puedas avanzar con los años. Si la respuesta es negativa, estás condenado a la desdicha eterna.

Después, el azar, vamos a llamarlo así, decide por ellos, por él. Luisa se queda embarazada. Torpeza, mala suerte, imprudencia, da igual, se anuncia un hijo. Un hijo del que no se desharán, que acabará creciendo en el vientre de su madre. Es la España católica, con esto no se juega.

El que lo cuenta así es el propio hijo del accidente. Sabe que no fue deseado, que fue concebido cuando sus padres apenas se conocían, al principio de su más tierna juventud, cuando todo indica que sus caminos habrían divergido si no se hubiera producido el accidente. Sabe que, en otro país, en otra cultura, en otra época, nunca habría venido al mundo. Dice: bueno, qué le voy a hacer, es lo que hay. Añade:

además, creo que los niños que no se han buscado tampoco crecen mucho peor que los demás. No se equivoca.

Yo también soy un hijo no deseado, una casualidad, un descuido. Mi madre tenía veinte años cuando me parió. Y no me ha faltado ningún amor.

Cuando se entera de la existencia del niño por nacer, la madre de Thomas —normalmente gentil y reservada— ordena una boda. Se produce dos meses después, en la iglesia de Vilalba. No te resistes al ultimátum de una mujer que habrá formulado tan pocos a lo largo de su existencia, no te resistes al deseo de una mujer que apenas habrá expresado alguno.

¿Y qué papel tiene Thomas en esta historia? No se rebela, de eso estoy seguro. No tiene forma de hacerlo (ante el poderío de los que le dicen lo que *debe* hacer, bajo su imponente sombra). Pero es muy probable que tampoco tenga ganas (ante su felicidad; su padre que piensa: mi hijo no abandonará la tierra, su madre que se alegra de que su hijo reproduzca la historia de veinte años atrás: casarse con la chica española). En el fondo, la suerte ha elegido por él, y él se deja, se resigna. A lo mejor también piensa: es una señal del destino, se tenía que producir este encadenamiento de circunstancias para escapar de la desviación, para que todo vuelva a estar en orden. En primavera se celebra la boda.

Lucas dice: he visto las fotografías de la boda, mi madre las puso en un álbum y las mira de vez en cuando, debe de gustarle ese recuerdo de su juventud.

(O puede que confunda juventud con felicidad; es una confusión habitual).

En esas fotos tomadas hace más de veinte años: los novios adolescentes recién casados en los escalones de la iglesia, endomingados, afectados, los granos de arroz, la familia alrededor. Los novios en un jardín, bajo una arcada cubierta de glicinia, ella con un ramo entre las manos, él con la nuca muy erguida. El vino de honor, y de fondo las paredes de piedra de la granja, los paisajes extrañamente celtas que ofrecen la imagen engañosa de una partida posible. La cena por la noche, las mesas de muchos comensales, esa afición a estar juntos. Los pasos de baile bajo las guirnaldas, las bombillas de todos los colores, la promesa de felices porvenires.

Lucas añade: de todas formas, hay algo que me llamó la atención en las fotos, a fuerza de verlas tanto: en la mayoría mi padre parece triste. Supongo que ya entonces era de los que no les gusta sonreír por encargo.

Creo que la tristeza no se debía precisamente a una desobediencia a algún fotógrafo voluntarioso, pero, por supuesto, reprimo el comentario.

Pienso entonces: si la tristeza ya estaba ahí, desde las primeras horas del matrimonio, si era tan grande que no pudo disimularla, ni siquiera en los momentos de la comunión máxima, de la más feliz de las celebraciones, ha tenido que lastrarlo, todos los años que han seguido ha tenido que pesarle mucho. Muchísimo.

El chico continúa: entiendo por qué me dicen que me parezco a él. Cuando miro las fotos tengo la sensación de verme a mí. Con la diferencia de que yo sonrío.

Recuerdo que un día me encontré con una foto de fotomatón olvidada en un estante de la biblioteca, en la casa de Barbezieux. Y que pensé: ¿en qué momento me hice esta foto? Que busqué alguna fecha, las circunstancias, la edad que debía de tener. Que deduje que seguramente me había hecho la foto para el documento de identidad, varios años antes; de esas tiras de cuatro fotos nunca se usan todas, siempre sobran un par que años después aparecen por algún cajón o por alguna billetera, la mayoría de las veces sin buscarlas. Hasta que se la enseñé a mi madre y dijo, como si nada: no eres tú, es tu hermano, ¿no reconoces su jersey? Tardé varios minutos en recobrarme de tener que aceptar que llevaba la cara de otro. Que solo era una copia. Un calco.

Dice que no sabía que se podía heredar todo de uno de los progenitores y nada del otro. Le sugiero que tal vez sus hermanos, si es que tiene, se parecen más a su madre, que quizá está repartido así. Me cuenta entonces que es hijo único, que después de él no hubo más hijos, que se acabó, que su madre quería más pero su padre no, y se mantuvo firme, en eso nunca cedió, lo que no impedía que su madre se quejara, a veces delante de la gente, y entonces aparecía la dureza en los ojos del padre, como una ira fría.

El chico murmura (sí, porque habla con uno o dos tonos más bajos, con voz reprimida, como si confesara un secreto, o como si a las palabras les costara salir), murmura que le habría gustado tener una hermana pequeña, que la infancia hubiera sido menos solitaria. Habla de los años de soledad, en la granja. Rodeado únicamente por adultos. Y por campos que se pierden en el horizonte.

Enseguida rectifica. La hermana de su padre fue a veces como una hermana pequeña para él, porque había que cuidarla todo el tiempo, porque no era autónoma, porque cuidarla era sentirse útil, porque vivir a su lado era como vivir en un cuento, de tantos momentos de poesía pura, de sublimes destellos de imaginación, de tanto que inventaba mundos. Me cuenta que la han internado en un centro especializado, que su padre tuvo que decidirse, con todo el dolor de su alma. Sigue allí.

Deduzco que Thomas volvió a Francia para trabajar con su padre. Lucas dice que sí, que eso es lo que pasó. Se acabó España, se acabó la juventud. Hubo la región de Charente, la esposa, el hijo por criar, la hermana retrasada, la viña, los animales.

Le pregunto si ahora sigue pareciéndose a su padre. Dice: ¡oh, sí! No ha cambiado nada. Hasta parece raro que haya cambiado tan poco, que envejezca tan despacio. Si lo viera, lo reconocería enseguida.

Me tranquiliza imaginar a ese Thomas incólume, sin que los años lo hayan engordado ni estropeado. Conozco a tantos hombres que cambian radicalmente, muchas veces en torno a la treintena, porque se les abotargan las facciones, se les ensancha el cuerpo, pierden pelo. Pocos son los que escapan del desastre. Yo mismo soy uno de esos a los que el tiempo ha atacado, no queda nada del adolescente del patio del instituto una mañana de invierno, la delgadez ha desaparecido, el rostro se ha modificado, el pelo se ha cortado, el aspecto general se ha aburguesado, solo queda la miopía, las gafas que reemplazan la mirada.

Me inquieta también la perspectiva, apuntada sin querer por el hijo, sin proyecto de ejecución, pero enunciada pese a todo, de *volver a ver* a su padre. Nunca contemplé semejante eventualidad. Enseguida, a los dieciocho años, cuando me enteré de que se había mudado a España, cuando, por mi parte, comencé una nueva existencia que me llevaría de Burdeos a París, pasando por Normandía, admití que lo que habíamos vivido pertenecía irremediablemente al pasado. Tuve esa certeza de lo irrevocable.

Así pues, su «si lo viera» no se puede concebir. Entra en el orden de lo ininteligible.

(Rectifico. Porque acabo de mentir. De mentir a quien me lee. Por supuesto que tardé, tardé mucho incluso, en concebir la despedida, en admitir que todo estaba perdido. Durante mucho tiempo seguí esperando una señal. Confié la suerte a los arrepentimientos, los remordimientos. Contemplé la idea de provocar otro encuentro. Empecé cartas que luego no envié. Y, además, el deseo no se apaga como el fósforo que se sopla, se consume. Lo cierto, pues, es que acabé renunciando. La posibilidad del reencuentro desapareció).

Lucas consulta el reloj y veo que es el que llevaba Thomas, el Casio de pantalla digital. Advierte mi sorpresa, sin poder asociarla a la situación, su padre desnudo contra mí en la cama, a un cuarto de siglo de distancia. Me dice que es *vintage*, que estas reliquias se han vuelto a poner de moda, agita la muñeca, bastante orgulloso de sí mismo. Dice: debería irme ya, si no, perderé el tren.

Pero yo no quiero perder al hijo accidental, no aún, no así. Le propongo apresurado acompañarlo a la estación. Digo: vayamos en taxi, se llega enseguida y será más práctico para ti. Acepta la invitación, sin dudarlo.

(En mi pánico, ¿interviene alguna parte de deseo? ¿Y acaso sería tan inadecuado? Puesto que me han devuelto a un Thomas casi idéntico, ¿tan extraño sería que mi deseo se rearmase casi de idéntica forma?).

Vamos caminando hasta el Gran Teatro, encontramos enseguida un taxi, y desde la calle Esprit-des-Lois llegamos a la explanada de los Quinconces, después los muelles, pasamos por delante del palacio de la Bolsa, con el ocre de la fachada muy amarillo, el sol de la mañana reflejado en los altos ventanales, parecen señales indiscutibles, seguimos paralelos al Garona y no puedo evitar pensar (hay que ser retorcido) en todos los jóvenes que se han encontrado ahogados en sus aguas, sin explicación, chicos desaparecidos encontrados semanas después, de los que nunca se ha sabido si saltaron de un puente, resbalaron desgraciadamente en el muelle o si alguien los arrojó a las aguas sarmentosas, un día intentaré escribir un libro sobre las desapariciones inexplicadas, sobre los misterios de esas muertes, pasamos cerca del barrio de Saint-Michel, que frecuenté mucho cuando era alumno del instituto Montaigne, se reavivan los recuerdos, los de los regresos tambaleantes de madrugada, podría haber sido uno de esos chicos que se ahogan, el taxi toma un par de desvíos por las calles más oscuras, a las que no ha alcanzado la modernidad, para incorporarnos a Cours de la Marne y llegar por fin a la estación San Juan. La plaza de delante no se parece en nada a la que conocí. Era sucia, siempre hacía viento y tenía mal ambiente, ahora un resplandeciente tranvía se desliza silencioso por una explanada.

Durante el trayecto, digo: ni siquiera te he preguntado qué estás haciendo aquí, en Burdeos. Me explica que solo está de paso, que ha venido para una entrevista porque quiere hacer unas prácticas en unas bodegas de Médoc. Como solo podían hacerle la entrevista ayer a última hora, tuvo que quedarse a dormir, pero que ahora vuelve a Nantes, donde sigue sus estudios. Le pregunto: ¿quieres dedicarte a los vinos? Eso le hace reír. Dice que no, que lo que quiere es dedicarse a la exportación.

Entramos en la estación, en el bullicio de la estación, reconozco las paredes de mármol rosa y marrón, las escaleras que suben desde el vestíbulo. Pienso que podría haberme despedido en el taxi. Me ha sorprendido su insistencia para que lo acompañara hasta el andén, pero tampoco me he hecho rogar. Pregunto si el tren que espera sigue siendo un Corail. Dice que sí. Es el mismo tren que tomaba yo los viernes por la noche para volver de Burdeos los fines de semana. Recuerdo las puertas corredizas y las pasarelas de acordeón entre los vagones, el estruendo que se oía al pasar de un vagón al otro, el potente olor de los váteres, una mezcla de orina y de desinfectante a granel, los pasillos estrechos junto a los compartimentos cerrados en los que podían sentarse ocho personas, gente que fumaba, soldados que salían del cuartel con un permiso de dos días, sus uniformes, sus petates verde oliva, su virilidad desacomplejada. Recuerdo lo largo que se me hacía el trayecto, no lo era, pero nos parábamos en todas las estaciones, parecía interminable, leía libros para matar el aburrimiento, leí a Duras, leí a Guibert en los trenes Corail, entre los jóvenes soldados. Yo bajaba en Jonzac, la estación más cercana a Barbezieux (en Barbezieux no hay estación, dijeron en el pasado que no querían), mi madre me esperaba en el coche, en el aparcamiento. Ella no sabía nada de Guibert, ni de los jóvenes soldados. O, mejor, fingía que no lo sabía y no lo hablábamos.

Supongo que hoy Lucas bajará del tren en Jonzac. Aunque también podría apearse en Châtelaillon-Plage, ese destino turístico pasado de moda en el que tengo una casa, un chalet a orillas del mar comprado de forma impulsiva y que acabará siendo un día «*la maison atlantique*» que da título a una de mis novelas. La geografía siempre ha sido para mí la más inspiradora de las materias literarias.

No puede haber seguido el hilo de mis pensamientos. Y, sin embargo, me suelta: de hecho, no me ha contado si está trabajando en otro libro...

Me lo quedo mirando, desconcertado. En el decorado de mármol rosa y marrón, en el desorden de idas y venidas, miro al hijo como si se me revelara, como si todo lo que creía saber de él fuera erróneo, lo descubro desprovisto de la ingenuidad, de la inocencia que le quedaba tan bien.

La imagen es la de dos hombres inmovilizados en medio de una multitud en movimiento.

Pregunto: ¿cómo sabes que escribo?

Contesta: sé quién es usted. Lo ha sabido desde que lo he tenido delante, en el hotel, en la acera.

No lo dice con tono jactancioso, pero sí con aplomo.

En ese momento, mi hipótesis es que puede que me haya visto alguna vez en la televisión y que posea una memoria excelente. Incluso que haya leído alguno de mis libros, pero eso ya no lo veo tan posible: los chicos de veinte años no leen mis libros, o muy pocos.

Pone fin a mis especulaciones: mi padre me ha hablado de usted. Un día que salía por la tele, dijo que eran amigos del instituto.

Recuerda que le sorprendió mucho ver a su padre raro, incluso alterado, porque siempre se le veía tranquilo. El hijo atribuyó esa alteración a la sorpresa, el asombro. Además, no todos los días ves en la tele a alguien que conoces. No todos los días reaparece alguien de tu pasado más lejano, sin avisar.

Digo: ¿pero cómo has podido acordarte de mí? Si solo me viste aquella vez, con él.

Me corrige: le he visto más de una vez. Siempre que la revista de la tele anunciaba su presencia en algún programa, lo mirábamos.

El padre hacía callar a todos, la madre prefería volver a su cocina, a otras ocupaciones, no le interesaban mucho los escritores, tampoco le interesaba mucho lo que su marido había vivido antes de conocerla. El hijo sí que se quedaba. No se atrevía a preguntar. Tampoco imaginaba a su padre contestando. Pero se quedaba. Miraba más a su padre, con los ojos clavados en la pantalla, que al televisor.

Dice: leía sus libros, él que nunca había leído ninguno.

Comenta que los libros están en la casa, en alguna parte, no a la vista, posiblemente en algún armario, o en el granero, pero que están seguro. El hijo se acuerda de una cubierta: es un cuadro, un bar, una mujer con vestido rojo sentada en la barra, a su lado un hombre con traje y sombrero, están muy próximos, casi se tocan, se ve eso entre ellos, la cercanía, pero no queda claro que sea la intimidad, también se ve a un camarero al otro lado de la barra, vestido de blanco, inclinado hacia delante, ocupado en no se sabe qué. Dice: es una pintura americana, ¿verdad?

Le indico el nombre del pintor. Es la única palabra que soy capaz de articular en ese momento.

Y, mientras sigue el bullicio, el vaivén de los viajeros, de las existencias que se cruzan, de los cuerpos que se rozan antes de perderse para siempre, como en los vestíbulos de los hoteles, y los anuncios por megafonía acompañados de esa horrible musiquita, ese pi-pi-pi-pi, ese do-sol-la-mi, que me exaspera.

Y me parece que pierdo a Lucas, que se vuelve borroso, hasta el escenario pierde consistencia, un poco como los relojes blandos de Dalí.

Sin embargo, una voz me devuelve a la realidad, la del hijo: ¿entonces?, ¿en qué está trabajando en estos momentos?

Tardo unos cuantos segundos en volver a hablar. Primero le digo que no me gusta comentar los libros mientras están en proceso de escritura, porque todavía es demasiado impreciso, inestable, y porque no estoy seguro de si llegarán a término (utilizo a posta esta expresión que tomo prestada del vocabulario del embarazo), añado que también hay algo de superstición por mi parte. No se cree ni una palabra, lo veo en la forma como alza las cejas. Me rindo enseguida. Digo: la historia de dos amigos inseparables que el tiempo acaba separando. Sonríe. Le aconsejo que no vea nada personal en eso. Puntualizo que mis libros siempre son ficción, que nunca escribo sobre la vida real, que no me interesa.

Me pregunta si ya tengo título, porque «lo del título es importante». Le contesto que aún no estoy seguro. Insiste. Vale. Le digo que la novela se titulará probablemente *La traición de Thomas Spencer*.

Creo que se queda pensándolo. Preguntándose si es un buen título. Me da miedo que se detenga en el nombre propio del protagonista. Que vuelva a sonreír con eso. Pero no. Alza la cabeza hacia el tablón de los horarios, supongo que para comprobar si ya han anunciado su andén, y luego vuelve a mí.

Dice: el tal Thomas Spencer ha traicionado a su amigo, ¿es eso?

Digo: es algo más complicado... De hecho, a quien traiciona es a su juventud.

Dice: es lo mismo, ¿no?

De pronto, el número del andén aparece en el gigantesco tablón de anuncios.

Me dice corriendo que se va, que me tiene que dejar, que le ha encantado conocerme, que le habría gustado seguir hablando, pero en fin. Me estrecha la mano para despedirse. No añade ninguna ceremonia, ningún sentimiento. Luego se aleja. La separación ha durado menos de diez segundos. La disyunción.

Tras dar unos pasos, se detiene y vuelve hacia mí.

Me suelta: ¿tiene para apuntar? Le daré su número. Llámelo, le hará ilusión.

Obedezco, ni que sea por cuidar las formas. Saco el móvil e introduzco las diez cifras según me las va dictando, las diez cifras que me vuelven a Thomas accesible por primera vez en veintitrés años.

Luego se queda mirándome. Mucho tiempo.

No entiendo su insistencia. Digo: ¿qué? ¿Qué pasa?

Dice: su número, ¿me lo da? No, se lo pido porque usted es de los que no llaman.

Acato la instrucción. Apunta mis datos de contacto.

Digo: ¿y tu padre? ¿Crees que es de los que llaman?

Él se vuelve a quedar mirándome. Yo me vuelvo a quedar petrificado con su parecido.

Dice: eso lo sabrá usted. Estoy seguro de que lo conoce mucho mejor que yo.

Esta vez el hijo gemelo se va definitivamente. Me deja en la soledad. La soledad más profunda, la que se siente cuando estás en medio de la multitud. No me queda otra que salir de la estación. Y caminar. Caminar mucho rato.

Nunca llamaré a Thomas.

Aunque me lo plantearé. Muchas veces agarraré el móvil, marcaré el número y, cuando solo falte pulsar la última tecla, renunciaré.

¿Motivos? Cambiarán según el día. En aquella época vivo con A., quince años menor que yo, a quien no le gustan los chicos pero sí que le gusto yo, a saber por qué, es una situación descompensada, y por tanto frágil, me da miedo romper ese precario equilibrio. Porque, no me engaño: llamar a Thomas, hablarle, proponerle quedar podría ser de todo menos inocuo.

No puedo decir: en el fondo solo es una llamada, para recuperar el contacto. Sé que es mucho más que eso. Aun en el caso de que me respondiera con una negativa rotunda, el mero hecho de llamar tiene aires de traición —sí, otra vez, siempre. O, incluso sin llegar a ese extremo, el gesto hacia Thomas sería un gesto de desconfianza hacia A., una toma de distancia, y la revelación de una incompletud amorosa.

También me da miedo la cruel realidad. Teníamos dieciocho años, ahora cuarenta. Ya no somos quienes fuimos. Ha transcurrido tiempo y la vida nos ha pasado por encima, nos ha cambiado, transformado. No nos reconoceremos. Aunque mantengamos nuestro aspecto, es el fondo de lo que somos lo que ya no tiene nada que ver. Él está casado, es padre, a cargo de una granja en Charente. Yo soy novelista, paso seis meses al año en el extranjero. ¿Cómo podrían tener siquiera un punto de intersección los círculos de nuestras dos existencias?

Pero, sobre todo, no encontraremos lo que un día nos empujó al uno hacia el otro. Aquella urgencia tan pura. Aquel momento único. Hubo unas circunstancias, una conjunción de casualidades, una suma de coincidencias, una simultaneidad de deseos, algo en el aire, algo también relacionado con la época, con el lugar, y todo ello creó un momento, y provocó el encuentro, pero todo se ha distendido, todo se ha esparcido en distintas direcciones, todo ha estallado, como los cohetes de los fuegos artificiales que explotan aquí y allá en el cielo de la noche y vuelven a caer en forma de lluvia, y mueren a medida que caen y desaparecen antes de tocar el suelo, para no quemar a nadie, para no herir a nadie, y el momento está terminado, muerto, no volverá, eso es lo que nos ha pasado.

Thomas tampoco llamará nunca.

CAPÍTULO III

2016

Hace unas semanas recibí una carta de Lucas, dirigida a mi editorial y después reenviada a mi domicilio. Me escribía nueve años después de nuestro único encuentro. En la carta decía que la última semana de febrero estaría de paso en París (comprobé el matasellos, la carta se había enviado desde Charente), que le gustaría verme o, rectificaba, que «debía verme sin falta», porque tenía que darme algo, lo dejaba en el aire, misterioso, como si aquel misterio fuera necesario para hacerme responder afirmativamente, o como si no estuviera seguro de que la carta llegaría realmente a mis manos, o temiera que alguien la abriera y conviniera mantener la elipsis. Imaginaba que yo andaría muy ocupado, con la salida de mi última novela, cuyo título mencionaba, pero esperaba que pudiera «encontrar un momento» para él. Dejaba un número de teléfono. Prometía que se adaptaría a mi agenda, la suya era flexible.

Ciertamente, yo tenía que ir a las librerías a hablar de mi libro, pero aquella última semana de febrero estaba bastante disponible, no veía razón alguna para declinar su invitación.

Además, reconozco que me había intrigado.

No me atreví a llamarlo, creo que por miedo a tener que entablar una conversación telefónica, habría hecho falta ponernos al día, llenar los vacíos, los años transcurridos, dar rodeos para no ir al grano, pensé que ese contacto nos haría partir en falso, me limité a mandarle un mensaje, proponer un lugar, una hora. No tardó ni un minuto en contestar: anotado, allí estaré.

Elegí el café Beaubourg porque está justo al lado de casa. Por la mañana, porque está tranquilo. El piso de arriba, porque casi nunca sube nadie, y me gustan las vistas que tiene del centro Pompidou.

Llego el primero, confieso que algo nervioso. He comprado la prensa en el quiosco de abajo, la hojeo sin leerla, sin detenerme en nada en concreto. Me limito a constatar que hablan de las primarias norteamericanas, con fotografías de Donald Trump y de Hillary Clinton para ilustrar los artículos. Normalmente me apasiona ese frenesí preelectoral cargado de miles de millones de dólares. Pero no esta mañana. No la mañana de la reaparición de Lucas Andrieu.

Cuando llega, no me cuesta reconocerlo. Sube despacio la escalera en espiral, sujetando la baranda y buscándome con la mirada. Me localiza y se dirige hacia mí con calma. Ha engordado, se le ha desdibujado por completo la adolescencia, la esbeltez. Ahora se le ve menos desenvuelto, más hecho. Quien se acerca a mí es un hombre.

Tampoco sonríe ya. Había conservado en el recuerdo su vitalidad, la energía que transmitía. La seriedad le ha invadido las facciones. Aunque quizá solo es reserva, algo de la timidez propia de un reencuentro tantos años después. Lo que es peor, un reencuentro organizado. La supresión del azar crea una especie de solemnidad.

No obstante, lo que me llama más la atención es su piel bronceada. Es lo primero que le señalo, lo que constituye una entrada en materia como cualquier otra y sobre todo nos evita las fórmulas establecidas, los saludos incómodos. Dice: es porque ahora vivo en California, allí hace sol todo el tiempo, como bien sabe.

Explica su «como bien sabe»: el caso es que un día vi una entrevista en la que usted contaba que vive parte del año en Los Ángeles. A veces me daba por pensar que nos encontraríamos. Claro que L.A. es inmenso, incluso interminable, no le cuento nada que no sepa, pero a veces las coincidencias… No se produjo... Y no podía llamarlo porque no había conservado su número.

Le pregunto qué hace en California. Explica que trabaja para un *grand cru*, para uno de los viñedos que compran cepas francesas y las desarrollan allí, es el director comercial (utiliza un término anglosajón, la traducción es mía). Pienso: mira, al menos uno que ha podido hacer realidad su ambición de juventud.

Digo: ¿has vuelto a Charente de vacaciones?

Inmediatamente —sí, apenas tardo dos o tres segundos, es muy breve pero muy espectacular—, por el oscurecimiento del rostro, por el movimiento descontrolado de los párpados, por las manos de pronto nerviosas, por simplemente la tristeza, entiendo que ha pasado alguna desgracia.

Entiendo qué desgracia ha pasado.

Él busca las palabras. Y yo, yo no quiero que las diga. No quiero oírlas. Se pueden rechazar las palabras que hacen daño, como un caballo rechaza el obstáculo.

Me salto las palabras hirientes, digo: ¿cuándo pasó?

Dice: hace quince días, tuve que volver corriendo.

Cuenta el golpe que supuso la noticia inesperada, una llamada en medio de la noche, el desfase horario, la confusión, el extraño zumbido en los oídos, pidió que se lo repitieran para estar seguro de haberlo entendido bien, era inútil, evidentemente, pero lo necesitaba.

Mientras habla, recuerdo con precisión un lunes de mayo de 2013. Para mí, eran alrededor de las nueve y media de la mañana… Encendí el móvil, que apagaba todas las noches. Justo terminaba de arreglarme para ir a una cita. Iba puntual (siempre lo voy), me disponía a salir del piso, a subir deprisa a un taxi. El móvil me avisó de la presencia de un mensaje de voz. Pulsé la tecla de los mensajes. Apareció «mamá» y a su lado la hora, 8:21 h.

Enseguida lo supe.

Y, sin embargo, siempre había imaginado que pasaría de otra forma. Que descolgaría el día en que mi madre me llamara para anunciarme la aciaga noticia. Que diría: tu padre ha muerto. Por otra parte, hacía meses que se me aceleraba el pulso cada vez que tenía que contestar alguna de sus llamadas. No había contemplado la posibilidad de que dejara un mensaje, de que se viera obligada a hacerlo, que no tuviera otro remedio. Después he pensado que podría haber dicho simplemente: llámame, y anunciarme las cosas de viva voz. Aunque habría sido una tontería, claro. Solo el sonido de su voz —no precisamente viva, más bien muerta, desde luego agotada y entrecortada por los sollozos— ya era una declaración. Dijo: soy mamá, ya está, papá se ha ido. Las palabras que nos torturan son las palabras más sencillas. Casi palabras de niños.

¿Después? Llamé a S., que estaba en el baño. Tuve que llamarlo dos veces: la primera no me salía la voz. Al oírme, él también lo entendió enseguida. No preguntó nada, acudió a abrazarme. Yo estaba delante de la ventana, mirando la copa de los árboles, las fachadas de la calle Froidevaux, donde vivía entonces, o no mirando nada lo más seguro, se puso sigilosamente detrás de mí y me abrazó. En aquel momento, brotaron las lágrimas. No sé si al final dije algo o no. No creo. Tendría que preguntárselo a S. Tiene una memoria milimétrica. Nunca olvida nada.

Después, sigue contando Lucas, hubo que volver a lo cartesiano: organizar su desplazamiento hasta Barbezieux, encontrar la hora exacta del siguiente vuelo Los Ángeles-París, reservar un billete de avión y otro de tren en internet, tener la suerte de que quedaran plazas, sonríe cuando dice la suerte, preparar una bolsa de viaje, anular sus citas; cosas concretas, precisas, materiales, que distraen de la tristeza, al menos durante unos instantes, pero entonces lo importante era salvar lo que podía salvarse, empezando por los instantes, un minuto tras otro. Lo importante era resistir. Un minuto más. Y otro.

Veinticuatro horas después, llegaba a destino.

Veinticuatro horas después, podía destapar el cuerpo de su padre en la sala mortuoria.

Cuando entra en la pequeña estancia, sobre cuya puerta han colgado un cartel con el nombre del difunto (así es como acabamos, con nuestro nombre sobre la puerta de la morgue), lo que le sorprende es la luz azulada y el olor de lo que supone que es el producto químico utilizado para el embalsamiento. Es su forma de no llevar la mirada hacia el ataúd, de concederse un último aplazamiento antes de rendirse. Cuando posa finalmente los ojos sobre el ataúd abierto, lo embarga una sensación que es incapaz de calificar: su padre parece estar entre la vida y la muerte. Es obvio que su inmovilidad cerosa y esa ínfima disimilitud con él mismo confirman que ya no pertenece al mundo de los vivos, el propio hecho de yacer en un ataúd es la confirmación meridiana de ello, pero el maquillaje le da brillo a la piel, todo él parece adormecido hasta el punto de que no excluye la posibilidad de que su entrada pueda despertarlo. Se acerca paso a paso, le toca la frente, tiene la cabeza dura como una piedra, la muerte es aquí incuestionable. Algo le tranquiliza: los embalsamadores han hecho un trabajo excelente, no se distingue la huella de la cuerda en torno al cuello.

Entro en el siguiente nivel de estupor.

Dice: mi padre se colgó. Lo encontraron ahorcado en su granero.

Desearía no visualizar la escena, desearía prohibirme el trance, ahorrarme ese masoquismo, pero es más fuerte que yo, gana el escritor, incluso en estas circunstancias, el que todo lo imagina, el que tiene necesidad de ver para dar a ver, el caso es que la imagen se forma, se impone: *veo* el cuerpo suspendido al final de la cuerda, la cabeza inclinada, la carótida comprimida, el ligero balanceo, la cuerda atada a una viga, la silla tumbada, los rayos de un sol invernal se filtran a través de las tablas de madera y van a morir sobre la paja.

Un recuerdo se superpone a la imagen. Es 1977 o 1978, primavera, a una colega de mi padre, una maestra, la encuentran ahorcada en su clase. Se llamaba Françoise. Recuerdo su corpulencia, su pelo largo siempre suelto, mal peinado, sus amplios vestidos de flores; era moda en aquella época. Debía de andar por los treinta y cinco años. Hay quien dijo que se mató para escapar del estrés de la profesión de educadora. Es posible. En cualquier caso, la gente expresó su estupor y su pena. Yo entonces tenía diez años, y, por extravagante que pueda parecer, expliqué que se le veía la desgracia encima y que no me había sorprendido. Dije que ella había decidido «no ir más lejos». Y eso que no sabía nada de la muerte, ni mucho menos del suicidio, pero es la frase que se me ocurrió. Me pidieron que me callara.

Una confesión. Aún hago algo más, algo más que visualizar la escena, algo más que convocar un recuerdo, me digo: ¿en qué pensó Thomas, en su último momento?, ¿tras rodearse el cuello con la cuerda?, ¿antes de hacer caer la silla? y, antes, ¿cuánto duró?, ¿unos segundos?, como no servía de nada perder el tiempo, la decisión ya estaba tomada, había que ejecutarla, ¿un minuto?, pero un minuto es interminable en esas circunstancias, y entonces ¿cómo lo llenó?, ¿con qué pensamientos? Y vuelvo a mi pregunta. ¿Cerró los ojos y volvió a ver episodios de su pasado, de la tierna infancia, por ejemplo, su cuerpo tumbado con los brazos en cruz sobre la hierba fresca, mirando el azul del cielo, la sensación de calor en la mejilla y en los brazos?, ¿de su adolescencia?, ¿una salida en moto, el aire chocándole contra el pecho?, ¿se apoderaron de él detalles que no se esperaba?, ¿cosas que creía haber olvidado?, ¿o hizo desfilar caras y lugares, como intentando llevárselos con él? (Al final, estoy convencido de que, en cualquier caso, no se planteó renunciar, que su determinación no aflojó, que no se presentó ningún arrepentimiento, si alguna vez lo tuvo, a contrariar su voluntad). Persigo esta última imagen formada en su ánimo, surgida de su memoria, no porque espere salir en ella, sino para creer que, descubriéndola, recuperaría nuestra intimidad, volvería a ser lo que nadie más fue para él.

Lucas dice: imagino lo que me va a preguntar, pero no, no dejó ninguna explicación, no hemos encontrado ninguna carta.

Supongo que buscaron esa carta, que la esperaban, para no quedarse solos con las preguntas, los por qué, para no tener que lidiar con los espantosos remordimientos de no haberlo visto venir, para que no les corroyera la culpabilidad, para no tener que afrontar el misterio de aquella muerte, pero el difunto no les hizo el favor de escribírsela. Se fue sin aliviar de antemano la mala conciencia de los que quedaron. ¿Querría castigarlos? Pero ¿de qué? ¿O simplemente fue fiel a esta verdad fundamental: al final, la muerte es un asunto que solo le incumbe a uno mismo.

Como es lógico al hijo desorientado le esperan varias noches en blanco. Bastante es perder a un padre. Aún más duro cuando se va a una edad a la que no se suponía que se iría. Pero ya es espantoso, infernal, cuando ha decidido darse muerte él mismo. Entonces sí, le dará una y mil vueltas en la cabeza. Le abrirá las tripas. Intentará recordar los últimos tiempos para buscar señales, algún principio de interpretación, alguna aclaración, se reprochará no haber percibido la desesperación (porque a fin de cuentas se trata de eso, ¿no?), pero tropezará siempre con la testaruda realidad: no lo sabe. Su única certidumbre es la tristeza.

Le pregunto por su madre, que tiene que estar afectada por la tragedia.

Lucas agacha automáticamente la cabeza, y su postración parece una derrota adicional, un abatimiento.

Me cuenta que no estuvo presente en el funeral. Añade, en un pobre intento de justificación, o en una maniobra dilatoria, que de todas formas no había casi nadie, que los bancos de la iglesia estaban prácticamente vacíos. Dice que su padre acabó pagando el precio de su insociabilidad.

Le replico que la deserción de la esposa no puede ser consecuencia solo de su aislamiento. Que tiene que haber pasado algo.

Alza la cabeza, para él ha llegado el momento de contar la historia; de hecho, seguro que me ha convocado para eso, para que la historia sea contada, y que lo sea a alguien capaz de comprenderla.

Hace algunos años, la fecha no se indica, Thomas Andrieu decide cambiar radicalmente de vida. El cambio tiene lugar de un día al otro. Sin que nada lo pudiera presagiar, sin que él diera aviso previo, a pesar de tenerlo todo organizado.

Thomas reúne a sus padres, su mujer y su hijo en la gran cocina de la granja, con gesto grave y decidido, sin temblar, sin aclararse la garganta, eso lo recuerda el hijo, habló sin vacilar, sin contemplaciones, mucha determinación acompañada de mucha sangre fría, lo que más recuerda, sigue contando, es la calma, se habría oído volar una mosca, Lucas emplea esta expresión, aunque el padre aún no ha dicho casi nada pero es como si todo el mundo esperase una explosión, se mantiene erguido, les anuncia a todos «que se va».

Se puede imaginar la estupefacción, la incomprensión, el desconcierto, el grito que no se puede reprimir, la rabia que estalla, la súplica quizá de la madre o de la esposa, pero nada de eso. Thomas impone silencio. Dice que no ha acabado, que aún tiene que anunciar más cosas.

Añade que se va de casa, de la granja, que para él «todo aquello ha terminado», que el padre tendrá que buscarse a otro, a ver si pilla algún aprendiz o un sucesor dispuesto «a darlo todo», y tendrá que vender a quien se lo quiera comprar cuando le llegue la hora de retirarse. Dice también que, yéndose de la granja, renuncia a todos sus derechos sobre ella, a la herencia de la tierra, que ya no es asunto suyo, que ya no le importa.

Sigue hablando sin gestualizar, su tono es monótono, mira, ante él, a la familia reunida, pero es como si no la distinguiera, como si hubiera desaparecido, como si hablara a los campos que se pierden en el horizonte, al viento, a las nubes de paso en un cielo aborregado, enmarcado por la ventana.

Afirma que ha contratado a un abogado para el procedimiento de divorcio, que procurará que todo se haga legalmente, que haya una separación oficial, documentos, que nada quede en el aire, para que así su mujer pueda «rehacer su vida» si lo desea, sin que nada la retenga ni ningún vínculo la encadene. Afirma que le deja el dinero, el patrimonio común, que él se va sin nada.

El hijo no ve en ello ningún gesto de generosidad ni de altruismo, sino más bien una forma radical de liberarse, de extirpar el pasado, de saldar cuentas.

Añade que su hijo ya es mayor, que está acabando los estudios, que ya está «espabilado», que enseguida encontrará trabajo, le esperan oportunidades, el mundo le abre los brazos, por él no se preocupa, le desea lo mejor, está convencido de que tendrá lo mejor. Dice que él ya ha hecho «su parte del trabajo». El hijo no ha olvidado estas palabras. En ese momento le atraviesan el cuerpo como lo haría una espada.

Dice que se mudará a otro lugar, no dice cuál, no quiere que nadie intente contactarlo, lo que quiere es desaparecer.

No expresa contrición, no da ninguna explicación. (Supongo que actuó exactamente de la misma forma cuando decidió ahorcarse).

Al cabo de una hora, se va.

Antes, sin embargo, su mujer habrá intentado, entre lágrimas, retenerlo, agarrándose a él, confiando en que su desesperación y su miseria lo harán ceder; él no flaquea. Su padre lo habrá insultado muchísimo, echándole en cara que así, al menos, quedará claro que deja de ser su hijo; Thomas muestra indiferencia a semejante excomunión, que viene de lejos, se había retenido y es finalmente expelida, como cuando se escupe bilis. Su madre habrá tratado de hacerlo entrar en razón; él le objetará que hace demasiado tiempo que es razonable, posiblemente la única pista que dejará. Lucas, por su parte, no dirá nada. Se quedará agazapado en un rincón. Espectador de la fría determinación de ese hombre que acaba de descubrir, ese progenitor que esta vez muestra el rostro de un perfecto desconocido y ya de un perfecto extraño. De alguien lejano.

Durante los ocho años siguientes, Thomas demuestra una firmeza ejemplar: ni una palabra, ni una llamada, ni la menor señal. Ha cambiado de número de teléfono, nadie conoce su nueva dirección, nunca se manifiesta, nadie se lo cruza, ni por casualidad. A veces se preguntan si no se habrá muerto de verdad.

La familia acepta su dictado. Qué remedio. No se puede hacer nada contra la voluntad de un hombre. Pero ese pequeño mundo navega, conforme pasan los días, entre resentimiento y tristeza, entre cuestionamiento y rabia, entre aturdimiento y odio. Se especula también sobre lo que ha podido ocurrir, se dice que ha debido de regresar a España, o bien que viaja bajo otro nombre, o simplemente que se ha instalado en algún rincón apartado, donde vive como un ermitaño. Nadie formula ninguna hipótesis que no sea su soledad. Sí, todo el mundo coincide en pensar que ha tenido que regresar necesariamente a su estado original, la soledad. Están a un paso de inventar una leyenda.

Pero con el tiempo, la cosa se disipa, se desdibuja o se dispersa como el polen en el aire cuando vuelve la primavera. Lucas murmura: a todo te acostumbras, también a la deserción de aquellos a quienes te creías vinculado para siempre.

Digo: hablas de deserción...

Me mira. Dice: es verdad que es escritor, que para usted las palabras son importantes. Y tiene razón, lo son. Además, durante mucho tiempo, me esforcé en ponerle palabras a su desaparición. He encontrado bastantes, un montón de hecho, hasta las he ordenado alfabéticamente, si le interesa: abandono, alejamiento, ausencia, borrado, desaparición, disipación, disolución, eclipse, elusión, extinción, huida, marcha, partida, pérdida, retirada, sustracción. Más las que he olvidado.

Sin embargo, la que le parece más apropiada —no se atreve a decir, la que prefiere— es, en efecto, *deserción*. Normalmente se utiliza para hablar de los espías que cruzaban la frontera, en un sentido u otro, cuando nuestro mundo estaba dividido en dos bloques y la guerra era fría. Dice: sí, me hace pensar en aquel bailarín ruso, Núreyev, ¿verdad? Ya sabe, cuando se salta la barrera que separa el campo soviético del campo occidental en el aeropuerto de Le Bourget, a principio de los años sesenta.

Lucas ve en aquel gesto algo de novelesco y peligroso, la manifestación de una insumisión, de una indisciplina, un deseo irreprimible de libertad, la necesidad de liberarse. Y también un impulso. Eso le gusta y lo tranquiliza, algunas noches, pensar que fue ese mismo impulso el que dio lugar a la desaparición de su padre.

En la palabra deserción hay otra idea: su padre le faltó. Y el doble sentido de este verbo es absolutamente adecuado.

Primero, una falta, una infracción, una violación. Se desentendió de sus obligaciones, se apartó del camino recto, violó las reglas no escritas, pecó contra el orden establecido, marcó un gol en puerta propia, pisoteó la confianza en él depositada, ofendió a sus allegados, sus amigos, traicionó.

Después, una dentellada, un dolor, una tristeza. No estuvo presente cuando se contaba con él, dejó un vacío que nadie vino a rellenar, preguntas que nadie supo contestar, una frustración irreductible, una demanda afectiva que nadie ha podido ya restañar.

Le pregunto si intentó hacer algo para encontrar el rastro de su padre. Dice: al principio no. Respetó su decisión, pese a no entenderla, pese a lo que le hizo sufrir, pese a considerarla increíblemente hiriente para su madre (imagino que en ese rechazo entra también el orgullo herido). Suelta: bueno, al cabo de cierto tiempo, me planteé buscarlo, incluso pensé en contratar a un detective. La necesidad de comprender se había hecho más acuciante. La necesidad de tener una conversación, también. Porque el silencio lo volvía loco. Dice: al final lo dejé estar. Tenía una vida de adulto por llevar, un futuro por inventar, no pensaba dejarse lastrar por el pasado, por tristes asuntos familiares (el resentimiento llevaba ya ventaja, el tiempo hizo el resto).

Sin embargo, yo me pregunto cómo se puede aceptar esa interinidad, esa ausencia que no es la muerte, esa inaccesibilidad que no es irremediable, esa existencia fantasmal, cómo decides aceptarlo, cómo impides que te arrastre, como las olas que vienen y van, la necesidad de corregir esa impostura, de poner fin a ese fingimiento, de no tolerar más esa rareza, o simplemente el sentimiento de que te falta (la palabra vuelve una y otra vez). Por más que hayas querido respetar la libertad del otro (incluso cuando la consideras egoísta), tú tienes tu propio dolor, tu cólera o tu melancolía por superar. Pero no le hago la pregunta al hijo amputado.

Y un día, de pronto, contra todo pronóstico, el padre acaba regresando a la región. Se instala en una granja de los alrededores.

Eso fue el año pasado.

El rumor de su regreso llega a oídos de su familia. Sin embargo, nadie acude para saber de él. Ni sus padres que lo dan por muerto. Ni su exmujer, que regresó a Galicia, se volvió a casar y no quiere volver a oír hablar de él.

Solo su hijo, con ocasión de una de sus estancias en Francia, decide visitarlo.

Cuenta que el hombre ha cambiado mucho, ha envejecido terriblemente, casi está irreconocible. Para su gran sorpresa, sin embargo, lo invita a su mesa, le pregunta si quiere tomar algo, como si se hubieran visto el día antes, como si no se hubiera pulverizado la vida normal en un chasquido de dedos y después el apagón, ocho años de obscuridad absoluta. El hijo acepta la invitación, se sienta a la mesa, contempla al hombre desgastado, de rostro arrugado, no siente compasión, ya no ve en qué se parecen, en qué eran supuestamente idénticos, hasta se pregunta si lo fueron algún día. Lo único que reconoce es la insociabilidad.

Empiezan a hablar pero enseguida se pierden en banalidades, en onomatopeyas, pronto solo queda el hijo hablando. Por eso acaba formulando la pregunta inevitable, pidiendo una explicación de la partida, del regreso. El padre no responde, no da ninguna justificación. Resiste en el mutismo. El hijo pregunta si, al menos, siente remordimientos. El hombre alza la cabeza, mira fijamente al hijo. Dice: no. Dice: podría sentirlos «si hubiera tenido opción. Pero no tuve opción». No dice nada más.

Le pregunto a Lucas si entiende la frase de su padre.

Dice que sí. Especifica: ahora, sí. La frase corroboró sus antiguos presentimientos. Digo: ¿tus presentimientos? Me tiembla un poco la voz. Lucas nota ese temblor. Me mira a los ojos, con la intención evidente de darme a entender que hablamos de lo mismo, que *es consciente*.

Dice: creo que lo empecé a pensar en el hotel de Burdeos, pero no cuando usted me llamó en el vestíbulo creyendo que era mi padre, ni tampoco cuando me dijo que me parecía a él, después de todo no era la primera persona que lo decía, no, pasó unos instantes después cuando no pudo seguir hablando y me miró, vi que lo había amado, que había estado enamorado de él, saltaba a la vista. En ese momento yo ya le había reconocido, sabía quién era, sabía que era homosexual, lo dice en la tele cuando se lo preguntan, lo contesta a la primera. Cuando llegué a Nantes, aquel día, fui directamente a una librería, busqué sus libros, encontré *Su hermano*, *Un chico italiano* y *Decirte adiós*, tomé los tres, y los leí enseguida. Y esos libros acabaron de confirmar mis sospechas. En *Decirte adiós* usted escribe cartas a un hombre al que amó, que lo dejó y que nunca le contesta, y viaja todo el tiempo para intentar olvidarlo. Digo: no soy yo quien escribe a ese hombre, es una mujer, mi protagonista. Dice: ¿a quién quiere engañar? Sigue: en *Su hermano*, el protagonista se llama pura y llanamente Thomas Andrieu. ¿Ahora me dirá que es por casualidad? Bajo la mirada, negarlo sería insultar su inteligencia. Lo remacha: en *Un chico italiano*, cuenta una doble vida, la historia de un hombre que no sabe elegir entre los hombres y las mujeres, y que miente. Tuve la impresión de que sus novelas eran como las piezas de un rompecabezas, que bastaba con montarlo para formar una imagen comprensible.

Ocho días después, volví a Lagarde, a casa de mis padres. Esperé a estar solo con mi padre para contarle que lo había conocido. Ya debía sospechar que era mejor que mi madre no estuviera cerca. Debería haber visto su cara en aquel momento: una confesión.

Sin embargo, no dijo nada, incluso fingió que no le daba importancia, pero ya era tarde, ya se había producido el momento, ese en el que me oyó decir que lo había visto a usted, ese en el que no pudo evitar que le flaquearan las rodillas, no se movió, pero le juro que fue como si le flaquearan las rodillas.

En ese preciso instante supe sin lugar a dudas que había estado enamorado de usted, que eso se había producido, mi padre enamorado de un chico.

Era meridiano.

No me hizo falta preguntarle.

De todas formas, imagino que no me habría atrevido. Después pensé: quizá fue solo una aventura, una fase, algo que se produjo pero que terminó, pasó a otra cosa, a la vida, una esposa, un hijo, estas cosas suceden a menudo, seguro. Pensé: y cuando lo ha vuelto a ver en la tele, eso ha reavivado el recuerdo, pero es como una nostalgia, un secreto del pasado, además, todo el mundo tiene secretos, está bien guardarse cosas solo para uno. Podría haberse quedado ahí. Debería haberse quedado ahí.

Si no fuera porque dos días después de nuestra conversación, mi padre nos reunió para anunciar su partida.

La revelación me fulmina. Y no se me ocurre palabra más apropiada, porque experimento la sensación física de que me atraviesa una descarga eléctrica. Y, justo después, de que me invade una parálisis.

Lucas me pregunta: ¿no dice nada?

Y no emplea un tono jactancioso ni acusatorio. Distingo más bien curiosidad y la esperanza de que le dé la razón.

Respondo: no veo qué podría decir…

Y nada es más cierto que mi incompetencia, mi impotencia.

Pero él espera. Espera una palabra.

Me recompongo y consigo señalarle que todo parecía indicar que su padre había organizado muy bien su partida: el abogado para el divorcio, la renuncia a la herencia, hasta debía de saber ya adónde iba; no lo decidió de forma impulsiva. Añado que un encuentro entre su hijo y yo, por más que se saliera de la normalidad, por más que pudiera remover recuerdos, no tenía consecuencias, al menos no de ese tipo, no tenía ninguna razón para provocar semejante desbarajuste.

Dice que está de acuerdo conmigo. Le ha dado muchas vueltas. Y lo que ha descubierto tras su muerte no hace sino confirmar lo que ha pensado. Según él, esta información no hizo más que *precipitar* una decisión en la que su padre hace mucho tiempo que pensaba, la volvió inevitable. Hizo la función de una *revelación*. Su padre se había mentido demasiado tiempo, tenía que hacer las paces consigo mismo, era urgente.

Añade: de todas formas, me pregunté muchas veces si tal vez había ido a buscarlo (lo novelesco de esto, la locura de esto). Ahora sé que no.

Lo interrogo con la mirada.

Tras su muerte, hemos tenido que vaciar la casa. Fue rápido, no poseía casi nada, vivía en la mayor de las frugalidades, hasta rechazaba el dinero que yo le ofrecía. Pero, en el cajón de un armario, bien ordenadas e incluso cuidadosamente escondidas, encontré unas cartas. Tras leerlas, me sorprendió mucho que las hubiera conservado. Aún más que no las destruyera justo antes de darse muerte. Supongo que quería que yo las encontrara. Supongo que sustituyen la carta de despedida que no escribió, que dan la explicación que no dio.

Por un lado están las cartas dirigidas a él. Todas son del mismo hombre, y están fechadas poco tiempo antes de su regreso a Charente. Se entiende enseguida que el hombre es su *amante* (el hijo pronuncia la palabra sin vacilar, sin juzgar), pero que no viven juntos. Se entiende que su relación es secreta, que la mantienen lejos de las miradas. El hombre no aguanta más esa clandestinidad. Escribe que quiere vivir con Thomas a la luz del día, que no quiere seguir escondiéndose, que eso lo consume como una enfermedad, se entiende que el amor y el silencio lo consumen por igual. Un día le da un ultimátum. Escribe que, si Thomas se niega a su petición, de vivir con él, prefiere dejarlo para siempre. Que ya no puede más, que no seguirá si no se produce un cambio radical.

Lucas precisa que la última carta está fechada la víspera del regreso de su padre a Charente. Thomas no cedió a la amenaza, posiblemente tampoco cedió al amor. Se marchó, adelantó la ruptura.

Pienso: al final se habrá escondido toda la vida, se habrá mutilado toda la vida. A pesar de su gran partida, de su deseo de una nueva existencia, volverá a las andadas, a su vergüenza, a su imposibilidad de amar de forma duradera.

Pienso en aquellos que he conocido durante los encuentros de librerías, esos hombres que me confesaron haberse mentido, haber mentido durante años y años, antes de asumirse por fin, de dejarlo todo para volverlo a empezar todo (se reconocerán si leen estas líneas). Él no tendrá su misma valentía.

Digo: valentía, pero tal vez se trata de algo más. Los que no han dado el paso, los que no se han reconciliado con su naturaleza profunda, no son necesariamente miedosos, son tal vez desamparados, desorientados; perdidos como en medio de un bosque demasiado vasto o demasiado denso o demasiado oscuro.

El hijo sigue su relato. En el cajón había otra carta, dentro de un sobre con sello, ligeramente amarillento, sin indicación de destinatario. Lucas pensó que sería algo sin importancia, alguna factura o algún documento oficial. La abrió con algo de aprensión; de hecho, temía que su padre hubiera depositado ahí sus últimas voluntades, puesto que, como imaginaba, el autor de esta carta era él. Dice: de hecho, es una carta escrita hace mucho tiempo, y nunca enviada. Se dirige a usted. Empieza con su nombre de pila. Está fechada en agosto de 1984.

Me quedo mirando a Lucas. El encadenamiento de revelaciones crea un efecto de saturación, como cuando un amplificador no puede dar ya más potencia. Para escapar de la distorsión de ese sonido que solo oigo yo, pregunto: ¿la has leído? Responde que sí. Y justo después la saca del bolsillo de la chaqueta y me la tiende. Está doblada por la mitad, algo arrugada. Dice: por eso le he pedido vernos, para entregársela.

Añade: prefiero que la lea después, cuando yo ya no esté, porque es una historia entre él y usted, solo entre él y usted.

Respondo que de acuerdo. Tomo la carta. Me pregunto si no será que teme que me desmorone y prefiere ahorrarme su presencia en semejante momento.

¿Y después? Después, el silencio. Largos minutos de silencio. Porque ya no queda nada por decir, porque ya se ha dicho todo, porque ahora ya solo queda separarse, pero no sabemos, no somos capaces, en realidad desearíamos seguir juntos un poco más, retener el momento, porque suponemos que es el último momento, que no habrá más.

Al final pregunto: ¿y ahora qué harás?

Dice: volver a California, he sacado un billete para el vuelo del domingo por la mañana. Vuelvo a casa, porque aquello ya es mi casa. Aquí ya no tengo nada que hacer, no tengo ataduras.

Otra vez el silencio. Otra vez minutos en blanco. Otra vez las miradas fijas. Otra vez la inminencia demorada de la disyunción.

Él es quien toma la palabra esta vez: ¿y usted? Escribirá sobre esta historia, ¿verdad? No podrá evitarlo.

Repito que nunca escribo sobre mi vida, que soy un novelista.

Sonríe: otra de sus mentiras, ¿verdad?

Le devuelvo la sonrisa.

Pregunto: ¿me lo permites? ¿Me permites escribir sobre esta historia?

Responde: yo no tengo nada que prohibir.

Al final, se levanta y yo detrás, pero rezagado. Me tiende la mano, se despide de mí, sin decir nada más. Sin embargo, el gesto dura un poco más de lo que exige la tradición. Y, cuando las manos se separan, los dedos se rozan. Sin ambigüedades, simplemente lo que es necesario para acabar con el carácter único, *incomparable* de lo que se acaba de producir.

Lo veo alejarse, bajar la escalera, salir de la cafetería, salir del campo de visión. Estoy colmado de gratitud e impregnado de desconcierto.

Vuelvo a sentarme, la carta de Thomas sigue doblada en mi mano izquierda. Pienso que no debería leerla, para qué, solo puede hacerme daño, y él no habría querido que la leyera, si no, la habría enviado. Sin embargo, vuelvo a oír la convicción de Lucas. «Supongo que quería que yo encontrara estas cartas». Desdoblo la hoja, me aparecen las palabras escritas y oigo la voz de Thomas, su voz de 1984, su voz de nuestra juventud.

Philippe:
Me voy a España y no voy a volver o, en cualquier caso, no enseguida. Tú irás a Burdeos y estoy convencido de que solo será la primera etapa de un largo periplo. Siempre he pensado que estabas hecho para ir a otros lugares. Nuestros caminos se separan aquí. Sé que te hubiera gustado que las cosas fueran de otra forma, que dijera palabras que te hubieran tranquilizado, pero no he podido y, de todas formas, nunca he sabido hablar. Creo que al final tú también lo has entendido. Era amor, claro. Y mañana será un gran vacío. Pero no podíamos seguir; tú tienes tu vida que te espera y yo, yo no

cambiaré. Solo quería decirte que estos meses que hemos pasado juntos he sido feliz, que nunca he sido tan feliz, y que ya sé que nunca más seré tan feliz.

¿TE HA GUSTADO
ESTA HISTORIA?

Escríbenos a...

plata@uranoworld.com

Y cuéntanos tu opinión.

Conoce más sobre nuestros libros en...

 plataeditores

 PlataEditores